맥베스

MACBETH

William Shakespeare

맥베스

윌리엄 셰익스피어 지음 | 이종구 옮김

문예출판사

차 례

등장 인물

덩컨 스코틀랜드 왕

맬컴, 도널베인 그 아들

맥베스 처음엔 덩컨의 무장, 뒤에 스코틀랜드 왕이 된다.

뱅코 덩컨의 무장

맥더프, 레녹스, 로스, 멘티스
앵거스, 케이스네스 ─ 스코틀랜드 귀족

플리언스 뱅코의 아들

시워드 노섬벌랜드 백작, 영국군의 무장

젊은 시워드 그 아들

시튼 맥베스의 무장

소년 맥더프의 아들

대장(隊長), 문지기, 노인

영국 왕의 시의(侍醫)

스코틀랜드 왕의 시의

3인의 암살자

맥베스 부인

맥더프 부인

맥베스 부인의 시녀

마녀들, 헤카테, 망령

그 밖에 귀족, 장교, 병사, 시종, 사자(使者) 등

장소

스코틀랜드와 영국

1막

1장[1]

뇌성과 번개, 세 마녀[2] 등장.

마녀 1 언제 우리 셋이 다시 만날까. 천둥칠[3] 때, 번개 칠 때, 아니면 비가 억수같이 퍼부을 때?

마녀 2 이 혼란[4]과 동란이 끝났을 때, 이 싸움에 이기고[5] 또 졌을 때.

마녀 3 그렇다면 해 지기 전이겠지.

---

1 셰익스피어의 원래 판(版)에는 '장소'가 표시되어 있지 않다. 많은 주석가(註釋家)들은 '황야'로 생각하는데, 이 장면의 2행과 12행 등으로 미루어 보아 안개와 뇌성벽력이 치는 공중에서 만난 것이라고 생각할 수도 있다.

2 이 비극에서는 매우 중요한 존재. '해설' 마녀의 항을 참조할 것. '맥베스'는 셰익스피어의 '파우스트'라 할 수 있다. '3'은 마(魔)의 숫자.

3 천둥과 번개, 비 가운데 어느 것 속에서 만나자는 의미가 아니다. 마녀는 항상 이러한 요소 속에서 활약하므로 이들 속에서 언제 다시 만날까 하는 것이다. 천둥·번개·비는 당시의 악마학(惡魔學)에 따르면 마녀들이 가장 강력히 힘을 발휘할 수 있는 '3' 요소. 모두 악마 자신이 일으키는 것인데, 공기를 '진하게' 하고, '안개와 더러운 공기'로 바꿔 타고, 그 속에 모습을 감추고 날아간다고 생각되었다.

4 스코틀랜드 왕 덩컨(1040년 사망) 치하의 맥도널드 반란. 1막 2장 7행 이하 참조. 또 홀린셰드의 《스코틀랜드 연대기》에 따르면 이전의 국왕 다프가 서쪽의 여러 섬들을 정벌했을 때 왕의 궁성이 있던 포레스의 마녀들은 섬의 주민을 동정, 왕 다프를 병들게 했다고 믿었다. 맥베스 부인은 왕 다프의 후예이므로 마녀들이 같은 서쪽 여러 섬 출신 병사를 지휘한 맥도널드를 동정, 덩컨의 장군 맥베스를 유혹했다는 것인지도 모른다.

5 '맥베스가 이기고, 맥도널드가 졌을 때', 즉 '이 싸움의 승부가 났을 때'를 의미할 것이다. 하지만 '맥베스가 이 싸움에 이기고 마녀의 유혹에 진다'는 전편의 주제도 엿보인다.

마녀 1 그 장소는?

마녀 2 들판이 좋아.

마녀 3 그래, 거기서 맥베스를 만나자.

마녀 1 인제 간다, 늙은 괭이야!

마녀 2 두꺼비가 부른다.

마녀 3 곧 갈게!

마녀 일동 예쁜 건 추한 것, 추한 건 예쁜 것.[6] 자, 안개와 더러운 공기 속을 날아가자. (안개 속으로 사라진다.)

2장 왕군(王軍)의 진영

무대 안에서 전투를 준비하는 나팔 소리. 국왕 덩컨, 맬컴, 도널베인, 레녹스가 시종들을 거느리고 등장. 피투성이가 된 위병대[7] 장교가 병사 두서넛의 부축을 받으며 다른 쪽 문으로 등장.

덩컨 저 피투성이[8] 사나이는 누구냐? 그의 모양을 보니, 그

---

6 "Fair is foul, and foul is fair"를 옮긴 것인데, 엘리자베스 왕조의 미(fair)와 추(foul)의 대조는 오늘날의 선(right)과 악(wrong)의 대조에 맞먹는 근본적이며 일반적인 인생 가치의 대조다. 인간 세계의 미와 선은 마녀에게 모두 혐오할 만한 것이고, 그 추와 악은 모두 매력 있는 것이라는 의미다. 악마의 세계는 가치 전도의 세계다. 그리고 비극 〈맥베스〉도 주인공의 의식과 행동이 어떤 의미에서 가치 전환되고, 혼동된 사나이의 비극이라 할 수 있을 것이다.

7 귀족의 신변을 경호하거나 그 밖의 임무에 복무하던 하급 장교.

는 반란군의 동정에 대해 가장 새로운 보고를 가지고 온 듯하다.

맬컴 저 장교입니다. 강용무비(剛勇無比)한 무장답게 포로로 잡힐 뻔한 저를 구해준 것은……. 잘 왔소, 용감한 전우! 지금 막 떠나온 전장의 모습을 국왕 폐하께 아뢰어주오.

장교 승패를 가늠하기 어려운 것은 마치 물속에서 헤엄치다 기진맥진한 사나이들끼리 서로 부둥켜안고, 수족의 자유를 잃어 허우적거리는 것과 같았습니다……. 잔인무도한 적장 맥도널드[9]는 과연 역적이라 불리는 만큼, 갖은 악업을 온몸에 걸머지고, 고향인 서쪽 여러 섬에서 경장(輕裝)의 보병과 기병의 대군을 긁어모아, 운명의 여신도 한때는 그의 불의 악덕에 추파를 던지고, 역적의 창부(娼婦)[10]가 되는 듯했사옵니다. 하지만 모든 것이 허사로 돌아갔습니다. 용맹 과감한 맥베스 장군이 그 이름에 손색없게, 운명 따위는 무시하고, 숨 돌릴 사이도 없는 살육으로 피에 물든 대도를 휘두르며 무용(武勇)의 총아답게 적진 깊숙이 쳐들어가서 마침내 적장 면전에 이르자, 아무런 몸짓도 인사도 없이 적을 배꼽에서 턱까지 한칼로 갈라 그의 목을 우리 성새(城塞)에 걸어놓았

---

8 비극 〈맥베스〉는 '피'의 비극.

9 반도(叛徒) 맥도널드의 행동은 이 작품 후반 맥베스의 행동을 암시하고 있다.

10 변덕쟁이인 '운명'의 여신은 마지막에는 그를 버리지만, 처음에는 추파를 던져 변덕이 심한 정부처럼 그를 기만했다.

습니다.

덩컨 오, 용감한 동생![11] 훌륭한 사나이!

장교 그런데 해가 떠오르는 동쪽에서 도리어 배를 뒤엎는 폭풍우와 무서운 천둥이 일어난다 하옵는데, 그처럼 우리 편의 운이 솟아오르는 샘터에서 뜻밖의 비운(非運)이 끓어올랐습니다. 폐하! 정의가 무용의 갑옷을 두르고 도망치는 적의 보병을 물리친 순간, 기회를 노리던 노르웨이 왕[12]이 빛나는 무기와 신병(新兵)을 이끌고 별안간 습격해왔사옵니다.

덩컨 그것을 보고 우리의 장군 맥베스와 뱅코는 겁내지 않았나?

장군 그렇습니다. 독수리[13]가 참새에게, 사자[14]가 토끼에게 겁낸다고 할 수 있다면.
정확히 사뢰옵자면 두 번의 활약은 마치 두 개의 탄환을 한꺼번에 장전한 대포처럼 적을 향하여 두 배의 타격을 연달아 퍼부었습니다. 그 처절함은 피바다에서 목욕을 하시려는 것인지 이 세상에 새로운 골고다의 언덕[15]을 만

---

11 덩컨과 맥베스는 둘 다 왕 맬컴의 손자.

12 노르웨이 왕 수이노(Sweno). 사실(史實)에서는 맥도널드의 패퇴와 노르웨이 왕 수이노의 침략은 별개의 사건이다. 셰익스피어는 이것을 압축했다.

13 당시의 질서관으로 볼 때 독수리는 조류의 왕자.

14 사자는 짐승의 왕자.

15 그리스도가 못 박혀 죽은 예루살렘의 언덕. '골고다'는 히브리어로 '두개골'이라는 뜻.

드시려는 건지 알 수 없을 정도였습니다. 저는 이제 기운이 빠져버렸습니다. 상처가 아파서 견딜 수가 없습니다.

덩컨 보고하는 말도 그 깊은 상처도 그대의 인품처럼 훌륭하며, 무인의 자랑에 빛나고 있소. 어서 의사를 불러주어라. (장교, 부축받으며 퇴장) 거기 오는 건 누구냐?

귀족 로스와 앵거스 등장.

맬컴 로스의 영주[16]입니다.

레녹스 저 황급한 기색! 무슨 심상치 않은 말씀을 사뢰려고 온 듯합니다.

로스 폐하께 신의 가호가 있으시길!

덩컨 어디서 오는 길이오?

로스 파이프[17]에서 오는 길이옵니다, 위대하신 폐하.

노르웨이 군의 깃발이 태양을 무색케 하고, 우리 편의 간담을 서늘케 하는 전장에서 왔사옵니다. 노르웨이 왕은 스스로 대군을 이끌고 반군의 수괴, 극악무도한 코더[18] 영주의 도움을 받아 격렬한 공격을 개시했사오나, 전쟁

16 '영주(領主)'는 'thane'을 옮긴 말. 스코틀랜드의 작위로, 대체로 백작에 가깝다.

17 스코틀랜드 동해안에 있는 지방의 이름. 포스 만(Firth of Forth) 북쪽이며 맥더프의 성이 있음(2막 4장).

18 코더의 영주가 노르웨이 왕과 맥도널드를 원조한 것은 극비였던 것 같다. 다음 장면에 등장하는 맥베스는 이것을 전혀 모르고 있다.

의 여신 벨로나의 신랑인 군신 마르스처럼 무적의 갑옷을 두르신 맥베스 장군은 적에 못지않은 대군을 이끌고 칼에는 칼, 힘에는 힘으로 교만한 적의 기세를 제압하여 마침내 승리를 우리에게 가져왔습니다.

덩컨 참으로 다행이오!

로스 그리하여 노르웨이 왕 수이노는 화목을 간청하고 있사오나, 아군은 세인트 콤 섬[19]에서 1만 달러[20]를 배상금으로 받을 때까지는 적의 시체를 매장하는 일조차 허락지 않고 있습니다.

덩컨 코더 영주에게 다시금 우리의 온정을 배반시킬 수는 없소. 즉각 처형토록 전하고, 그 칭호[21]로 맥베스를 영접하여 노고를 위로하오.

로스 분부대로 하겠사옵니다.

덩컨 그놈이 잃은 것을 고결한 맥베스가 얻은 것이다.[22] (일동 퇴장)

---

19 Saint Colme's Inch. 포스 만에 있는 인치캄(Inchcomb) 섬.

20 달러는 16세기 무렵 보헤미아에서 처음 만들어졌다. 맥베스의 이야기는 11세기 무렵. 셰익스피어 작품에는 이처럼 웃음이 나오는 시대착오가 흔하다. 셰익스피어의 관중은 이를 즐긴 듯하다.

21 그의 칭호에는 '극악무도한 반군의 수괴'라는 것이 있다!

22 당시의 격언에 '잃은 자가 있으면 이것을 얻는 자도 있다'는 것이 있는데, 이 격언으로 이 장면을 맺고 있다. 이 장면의 포인트는 고결하고 용감한 무사 맥베스의 이미지 확립(그리고 이후의 커다란 비극)이다.

3장 황야

천둥. 세 마녀 등장.

마녀 1 너 어디에 갔다 왔니?

마녀 2 돼지[23]를 죽이러.

마녀 3 넌?

마녀 1 어느 선원(船員)[24]의 계집이 행주치마 가득 밤을 담아 놓고 쉴 새 없이 쩍쩍 쩍쩍 쩍쩍 먹기에 '나 좀 줘' 했더니 그 뚱뚱한 빌어먹을 년이 '썩 물러가[25] 이 마녀야!' 하고 외치는 거야. 그년의 남편은 타이거 호 선장으로 지금 알레포에 가 있어. 하지만 나는 쳇바퀴를 타고 바다를 건너가서[26] 꼬리[27] 없는 쥐가 되어 혼내줄 테야[28], 혼내줄

---

23 가축이 죽는 것은 그 사육주에 대한 악마의 행태라고 생각되었다. 돼지를 죽이는 것은 마녀들이 돼지에게 특히 악의가 있어서가 아니라 아무리 가난해도 누구나 길렀기 때문이다.

24 여기에 선원이 나오는 것은 당시 사람들이 마녀에 의해 배가 난파당한다고 믿었으며, 넓은 지역에 걸친 마녀의 무서운 힘이 사람들에게 충격을 주었기 때문일 것이다. 이윽고 이 선원처럼 맥베스도 잠을 빼앗기고, 선원의 배는 침몰하지 않았지만 맥베스의 배는 침몰하여 '바다를 피로 물들인다'(2막 6장). 선원의 계집이 '세' 번 '쩍쩍' 씹고 있는 점에 주의.

25 마녀를 쫓는 주문.

26 마녀는 쳇바퀴를 타고 바다를 건널 수 있다고 믿었다.

27 마녀는 어떤 동물로나 둔갑할 수 있다고 믿었다. 양 수족은 동물의 사지(四肢)로 변했지만 꼬리로 변할 것은 없었다.

테야, 꼭 혼내줄 테야.

마녀 2 그럼 내 바람[29]을 하나 주지.

마녀 1 고마워.

마녀 3 나도 바람 하나 줄게.

마녀 1 나머지 바람은 죄 내가 가지고 있다. 어느 항구로 부는 바람인지, 어느 방향으로 부는 바람인지, 모두 해도(海圖) 속에 나와 있다. 역풍[30]으로 그놈을 마른 풀처럼 말라빠지게[31] 하고야 말 테다. 밤이건 낮이건 그놈의 눈꺼풀 위에 잠이 결코 깃들지 못하게[32] 할 테다. 그놈을 저주받게 하여 괴로운 구구[33] 팔십 일 주(週)를 혼미 속에 허덕이게 하면, 그놈은 여위고[34] 말라빠져 시들어버릴 게다. 배는 침몰시킬 수 없지만[35] 폭풍으로 실컷 뒤흔들

---

28 어떻게 혼내준다는 말은 없지만 쥐로 변해서 배에 몰래 숨어들어 주문을 걸겠다는 뜻인 듯. 쥐가 되어 선체나 키를 갉아먹는다는 생각도 나타난다. '혼내줄 테야……' 하고 세 번(마의 수) 되풀이, 그와 동시에 천둥과 번개와 비(똑같이 셋).

29 마녀는 선원에게 바람을 팔 수 있다고 생각되었다. 그것을 그저 준다고 하니 마녀 1은 고맙다고 한 것이다.

30 마녀는 배를 침몰시킬 수 없지만 역풍으로 모든 항구에서 배를 멀리 몰아내고, 물과 식량 기근에 빠뜨려서 선원을 철저히 괴롭히는 것이다.

31 물은 없는 데다 땀을 흘리니 마른 풀처럼 말라빠진다.

32 '저주를 받아' (다음 행) 잠들 수 없는 것(2막 2장 35행 이하)은 전편의 주인공 맥베스 자신. 작품 전체에 나타난 치밀한 기교에 주의.

33 사람들은 3, 특히 3의 배수는 마술에 관련되는 것이라고 믿었다.

34 여기선 기근, 그 밖의 병으로 '여위고 말라빠지게……' 하는데, 이것은 마녀의 상투적인 수단. 셰익스피어의 원전(原典) 《스코틀랜드 연대기》에 따르면 포레스의 마녀들은 왕 다프의 납 인형을 불 앞에 놓았다. 납 인형이 녹음과 동시에 왕의 몸도 녹았다.

어줄 테다. 이걸 봐.

마녀 2 어디 좀 보자.

마녀 1 이것은 귀국 도중에 난파한 뱃길잡이의 엄지손가락이야.[36] (안에서 북소리)

마녀 3 북소리다! 북소리! 맥베스[37]가 온다.

세 마녀 윤무(輪舞), 점점 빨라진다.

마녀 일동 운명을 조종하는 세 자매,[38] 손에 손을 잡고[39] 바다와 육지를 질풍처럼 달린다.
돌아라 돌아라, 마음대로 빙글빙글,
네가 세 번 내가 세 번 한 번 더 세 번이면 아홉 번으로 끝이다.
쉿! 이것으로 주문은 맺어졌다.[40]

---

35 마녀들에게는 배를 가라앉힐 힘이 없었다. 그녀들의 요술의 한계다. 전편의 주인공 맥베스는 납 인형의 요술은 받지 않았지만, 예언적인 유혹의 말에 따라 '실컷 뒤흔들리고' 배가 침몰한 것과 같은 결과가 되었다고 할 수 있다.

36 시체의 일부는 주문을 걸 때 쓰인다. 4막 1장 참조.

37 난파한 배의 키잡이와 나라라는 큰 배의 키를 잡는 맥베스를 결부시킨 것이 참으로 절묘하다.

38 'Weird Sisters'는 인간의 운명을 지배하는 초자연적인 힘이 있는 운명의 여신들을 의미한다. 마녀들이 자기들을 가리켜 한 말, 셰익스피어의 마녀는 단순한 마녀가 아니라, 제임스 왕의 《악마론》에 나오는 스코틀랜드의 마녀처럼 강대한 힘과 위엄이 있다.

39 '손에 손을 잡고' '마법의 윤무'를 춘다.

40 물론 맥베스를 향한 주문, 아주 강력하게 '맺어졌다'. 그 효력은 다음 행에서 명백히 드러난다.

운명을 조종하는 세 자매, 손에 손을 잡고 바다와 육지를 질풍처럼 달린다.
돌아라 돌아라, 마음대로 빙글빙글,
네가 세 번 내가 세 번 한 번 더 세 번이면 아홉 번으로 끝이다.
쉿! 이것으로 주문은 맺어졌다.
- 1막 3장

맥베스와 뱅코 등장.[41]

맥베스 이렇게 음산하고도 좋은 날은 처음 봤어.

뱅코 포레스[42]까지는 얼마나 남았소? (안개가 서서히 걷힌다.) 저것들은 뭐냐? 시들어빠지고 미치광이 같은 몰골을 보니 아무래도 땅 위에 사는 것들 같지 않은데 분명히 땅 위에 있구나. 너희는 살아 있느냐? 아니면[43] 우리와 말할 수 있는[44] 것들이냐? 내 말을[45] 알아듣는 모양이다. 다들 거칠게 튼 손가락을 주름투성이인 입술에 갖다 대는 걸 보니. 음, 여자인 듯한데 얼굴에 수염이[46] 있는 걸 보면 그렇게 해석할 수도 없을 것 같다.

맥베스 말을 할 수 있거든 말을 해보아라. 너희는 대체 누구냐?

마녀 1 맥베스 만세! 글래미스 영주께[47] 축복을 드립니다.

---

41 두 사람만 등장하는 것을 보면, 두 사람은 북이 따른 본대(本隊)와는 헤어진 듯하다.

42 엘진셔 지방, 엘진과 네안의 중간에 있다. 남쪽에 광대한 평야가 있어 적을 방비하기에 편리했다. 왕 다프가 살해당한 곳. 아마 덩컨 왕, 뒤에 맥베스의 성이 있었으리라 짐작된다.

43 햄릿적인 질문 형태(엘리자베스 왕조의 이분법)를 취한 뱅코는 고결한 무사(武士)라 할 수 있다. 《맥베스》에는 이러한 질문 형태가 나오지 않는다(해설 참조).

44 지상에 사는 것이 아니면 망령(亡靈)이나 악령인데, 여기선 물론 후자. 〈햄릿〉 등에서 볼 수 있듯이 망령이나 악령 따위와는 정당한 형식으로 말을 걸 수 있었다. 사람이 말을 걸 때까지는 그들이 먼저 인간에게 말을 걸 수 없었다.

45 그들이 노리는 상대는 맥베스이므로 뱅코에게는 손가락을 입술에 대고 침묵을 지킨다.

46 마녀는 흔히 수염이 있다고 믿었다.

47 맥베스 집안은 예부터 글래미스 영주였던 것으로 생각된다. 맥베스는 부친 시넬이 죽자 글래미스 영주가 되었다.

마녀 2 맥베스 만세! 코더 영주께[48] 축복을 드립니다.

마녀 3 맥베스 만세! 장차 왕이 되실 분!

뱅코 맥베스 장군, 왜 놀라시오? 이렇게 듣기 좋은[49] 예언을 왜 두려워하시오? 진실로 너희는 환영(幻影)이냐, 눈에 보이는 그대로냐? 내가 존경하는 동료를 너희는 현재의 경칭[50]으로 부르고, 다시 새로운 작위[51]와 미래의 왕위까지 약속하여 장군은 저렇게 망연자실하고[52] 있다. 그런데 내게는 아무 말이 없구나.[53] 너희가 '시간' 속에 들어 있는 씨앗을 들여다볼 수 있고, 어느 씨앗이 자라나고 어느 씨앗이 자라나지 않을 것을 예언할 수 있다면,[54] 내게도 그것을 말해봐라. 그렇다고 내가 너희 후의(厚

---

48 1막 2장 참조.

49 뱅코에게는 '좋게(깨끗하게)' 들리는 일도 맥베스의 마음에는 '추'한 죄와 야심을 불러일으킨다. 1막 1장과 1막 3장 참조. 맥베스의 죄와 비극이 여기서 시작된다. 어찌하여 맥베스의 마음에 추한 생각이 끓어오르는지는 신만이 아는 일이다. 셰익스피어도 1막 1장의 마녀들의 모토 외에는 그 점에 대해 아무런 설명도 하지 않는다.

50 글래미스는 영주의 칭호.

51 코더 영주에 대한 서훈(敍勳).

52 'Rapt'를 옮긴 말. 먼저 '놀라고', 이어 '망연자실'한다. 여기에 맥베스의 비극이 탄생한다.

53 단순한 농담인가, 뱅코 같은 고결한 인사도 강력한 마녀들의 영향 밑에 끌려들어 가려 하는 것인가? 2막 1장 참조.

54 악마(마녀)는 만물을 생성하거나 장래를 창조할 수는 없지만 어느 정도 예견할 수 있었다. 만물의 생성을 통과하는 것은 '시간'이고, 만물은 우주 생성의 근본 원리에 따라 생성되므로 '시간'의 씨앗은 우주 생성의 근원이라는 생각. 이는 셰익스피어가 성(聖) 아우구스티누스, 스토아파, 신플라톤파 등의 원리에 의거한 것이라고 생각하는 학자도 있다. 4막 1장 참조.

意)를 바라거나 증오를 두려워하는 것은 아니다.

마녀 1 만세!

마녀 2 만세!

마녀 3 만세!

마녀 1 맥베스보다는 작지만 훨씬[55] 크신 분.

마녀 2 별반 운이 좋지 못하시나 훨씬 운이 좋으신 분.

마녀 3 왕이 될 자손을 낳으시지만 자신은[56] 아무것도 아니신 분. 그러니 두 분 다 만세! 맥베스와 뱅코!

마녀 1 뱅코와 맥베스 두 분 다 만세![57] (안개가 짙어진다.)

맥베스 섰거라, 애매한 말을 하는 것들아. 더 똑똑히 말하라. 나의 선친 시넬이 돌아가시고[58] 내가 글래미스 영주가 된 것은 틀림없는 일이다. 하지만 코더란? 코더 영주는 살아 있으며 세력 있는 실력자다.[59] 왕이 된다는 말은 더욱더 믿을 수 없는 일이다. 말해봐라, 너희는 도대체 어디서 그런 괴상한 지식을 얻었느냐? 또 어찌하여 이 황량한 들판에서 우리를 기다려 그런 예언 같은[60] 축사를

---

55 마녀들이 '예쁜 것은 추한 것, 추한 것은 예쁜 것'이라고 한 것과 같은 역설의 모토. 이것은 맥베스의 의식 세계의 모토라고도 할 수 있을 것이다.

56 영국 왕 제임스 1세(스코틀랜드 국왕 제임스 6세)는 뱅코의 자손으로 생각된다. 뱅코는 자신을 스튜어트 왕조의 원조라고 믿었다.

57 순서를 바꾸어 같은 분량의 대사. 어느 한쪽에 치우쳐서는 안 된다. 〈햄릿〉의 로즌크랜츠와 길든스턴에 대해서도 같은 사례가 있다.

58 맥베스의 아버지 글래미스 영주는 얼마 전에 사망했다.

59 맥베스는 마녀들의 지식을 시험한 것일까? 아마도 그는 코더가 노르웨이 왕을 비밀리에 원조한 사실을 모르고 있었다고 생각하는 것이 타당할 것이다.

보내느냐? 말하라, 내 명령한다.[61] (마녀들[62] 사라진다.)

뱅코 대지에도 물처럼 거품이 있는 모양이다. 저것들이 바로 그런 것들이다. 어디로 사라져버렸나?

맥베스 공중으로 사라져버렸소. 형체가 있는 것 같았는데 마치 숨결이 바람에 녹듯이 사라져버렸소. 조금 더 머물러 있었다면 좋았을걸!

뱅코 우리가 지금 이야기하는 것이 실제로 여기 있었을까요, 아니면 미치광이풀[63] 뿌리라도 먹고 이성이 온통 마비된 것일까요?

맥베스 장군의 자손들은 왕이 된다고 했지요.

뱅코 장군은 자신이 왕이 되신다고요.

맥베스 그리고 코더 영주도 되고, 그렇지 않았던가요?

뱅코 바로 그래요. 저건 누굴까?[64]

로스와 앵거스 등장.

---

60 악마나 마녀의 말은 엄밀히 말해 '예언'이 아니다. 예언할 수 있는 것은 신과 천사뿐이다. 맥베스는 이것을 굳이 '예언 같다'고 생각하는 것이다.

61 "I charge you"는 마법의 말, 즉 주문이다. 맥베스는 마침내 주문 형식으로 마녀들에게 엄명한다. 하지만 그가 명령하는데도 불구하고 마녀들은 사라진다.

62 무대는 바람과 안개. 그 안개 속으로 마녀들은 사라진다.

63 뿌리를 먹으면 미치광이가 되는 독초.

64 맥베스의 대사는 진지한데, 뱅코의 어조는 경쾌하다. 마녀의 말에 대한 두 사람 태도의 근본적 차이.

로스 맥베스 장군, 폐하께옵서는 장군의 승전 소식을 들으시고 기쁨을 이기지 못하셨소. 반란군과 싸움에서 장군이 몸소 분전하신 보고를 읽으셨을 때는 폐하께서 놀라움과 찬탄이 뒤섞여 어찌하실 바를 모르시는 것 같았습니다. 그리고 아무 말씀도 않으시고 그날 그 뒤 전황을 읽으시고는 장군께서 완강한 노르웨이 군사들에 포위되어 닥치는 대로 주검의 산을 이루면서도, 그 무서운 형상에 추호도 두려워하는 빛이 없었음을 아셨습니다. 그 뒤에도 잇달아 빗발처럼 들어오는 전령들은 모두 왕국 수호에 위대한 공을 세우신 장군에 대한 찬사를 폐하께 퍼붓듯이 아뢰었습니다.

앵거스 저희의 임무는 폐하의 치사를 장군께 전하고 폐하의 어전으로 안내하는 일뿐이오.

포상(褒賞)의 분부는 따로 계실 것입니다.

로스 다만 더욱 큰 명예[65]를 내리실 증거로 장군을 코더 영주라고 부르라는 분부가 계셨습니다. 코더 영주, 축하합니다. 그 칭호는 장군의 것입니다.

뱅코 아니 악마도 진실을 말할 수 있을까?[66]

---

65 '더욱 큰 명예'에 대해서는 그 뒤 언급하지 않는데, 이 말을 듣는 맥베스와 독자들은 '맥베스가 장차 왕이 될 것이다'라는 마녀들의 세 번째 유혹을 연상한다. 이것을 드라마틱 아이러니(dramatic irony)라 한다. '코더 영주라고……' 하면서 맥베스의 목에 영주의 상징인 금줄을 두른다.

66 이것은 뱅코의 방백(다른 등장인물에게는 들리지 않는다는 무대상의 약속)이라 생각하면

너희는 도대체 어디서 그런 괴상한 지식을 얻었느냐?
또 어찌하여 이 황량한 들판에서 우리를 기다려
그런 예언 같은 축사를 보내느냐? 말하라, 내 명령한다.
- 1막 3장

맥베스 코더 영주는 살아 계시오. 왜 귀공은 남의 옷[67]을 내게 입히려 하오?

앵거스 영주였던 사람이 아직 살아 있기는 합니다. 하지만 중한 형벌을 받아 목숨을 잃게 되었습니다. 노르웨이 군과 결탁을 했는지, 반란군[68]에게 비밀 원조와 편의를 제공했는지, 두 가지를 겸하여 조국의 멸망을 꾀했는지는 모릅니다. 아무튼 대역(大逆)을 자백하고[69] 그 증거도 드러나 처형을 피할 수 없게 되었습니다.

맥베스 (방백) 글래미스 그리고 코더 영주. 가장 큰 것이 남아 있다.[70]—(큰 소리로) 수고들 하셨소.[71]—(뱅코에게) 장군의 자손들이 왕이 되기를 바라지 않으시오? 내게 코더 영주를 준 그것들이 그러한 약속을 했소.

뱅코 그런 것을 믿으시면 코더 영주뿐만 아니라 왕관까지 욕심을 낼 거요. 하지만 이상도 하지. 흔히 지옥의 앞잡이[72]들은 우리를 파멸의 길로 몰아넣으려고 사소한 일에는

된다. 당시의 격언에 '악마도 때로는 진실을 말한다'는 것이 있다.

67 맥베스는 결국 '남의 옷'을 입는데, 그가 '남의 옷'이라 말하는 건 참으로 풍자적이다. 〈맥베스〉에는 의복의 이미지가 많다. '예쁜 건 추한 것……'의 비극의 주인공 맥베스에게 '남의 옷'은 곧 자기의 옷. 의복의 이미지는 전편의 주제에 아주 적절하다.

68 맥도널드.

69 그가 비밀리에 행동했음을 나타낸다. 공공연히 행했다면 자백할 필요가 없다.

70 당시 격언에 '가장 좋은 것은 뒤에'라는 말이 있다.

71 여기서 로스와 앵거스는 무대 후방으로 물러난다. 맥베스는 무대 전방 관객석 가까이에서 뱅코의 귀에 속삭인다.

72 곧 악마. 뱅코는 마녀들의 정체를 간파한다.

진실을 말하여 유혹하고, 중대한 일에 관해서는 우리를 배반하여 함정에 빠뜨리는 수가 있소. 두 분께 잠깐 물어볼 말이 있소. (로스와 앵거스, 뱅코에게 접근)

맥베스 (방백) 두 가지 점괘는 맞아떨어졌구나. 왕위를 건 장대한 연극의 좋은 서막이다. (큰 소리로) 두 분께 감사하오.[73]

(방백) 이 신비로운 유혹은 나쁠 리가 없다.[74] 좋을 리가 없다. 나쁘다면 왜 먼저 진실에서 시작하여[75] 내게 성공을 약속했을까? 나는 코더 영주가 되었다. 만약 좋다면 왜 나는 그 유혹에 빠져, 그 무서운 형상[76]을 생각만 해도 소름이 끼치고 안정되어 있던 나의 심장은 가슴이 찢어질 듯 격렬히 고동칠까? 목전의 공포는 두려운 상상[77]에 비하면 참으로 미미한 것. 살인[78]이라는 나의 생각은

---

73 다시 생각난 듯이 인사를 되풀이하는 맥베스의 이 대사는 뱅코와 로스, 앵거스를 멀리하려는 겸손하면서 무례한 인사일까?

74 원문의 시의 리듬은 1막 1장 마녀들의 모토 '예쁜 건 추한 것, 추한 건 예쁜 것'과 유사하다. 비논리적인 내용도 유사하다. 마녀들의 주문은 매우 효력이 강력하다. '나쁘다'는 막연한 말이지만 '악마의 힘에 기인한다'로 해석하면 될 것이다. 맥베스의 의문이나 사유 형태는 햄릿적 이분법인 '좋으냐, 아니면 나쁘냐'가 되지 않는다는 점에 주목할 필요가 있다. 자유의지의 선택이면서 그것이 악마의 유혹이라는, 맥베스의 비논리가 내포한 비극의 중핵(中核)이 여기에 있다고 생각된다.

75 마녀(악마)는 미래를 어느 정도 예견하고 이에 의거하여 인간을 유혹할 수 있지만, 신이나 천사와 달리 예언할 힘이 없다. 따라서 엄밀히 그들의 말은 실현될 수 없다.

76 덩컨 왕을 죽이는 자신의 이미지. 실제 '죽음'의 이미지에는 강하지만 상상하는 살인의 이미지에는 약한 맥베스, 맥베스의 강렬한 상상력과 점차 도를 더해가는 악의 경사(傾斜).

77 상상에 약한 맥베스.

아직 공상에 불과한데도 나의 완전한 왕국[79]을 뒤흔들고 마음의 기능은 억측에 질식되어, 눈에 뜨이는 것은 환영뿐이다.

뱅코 저것 보시오. 나의 동료는 망연자실해하고 있소.

맥베스 (방백) 운명이 나를 왕이 되게 해줄 셈이라면 그렇지, 운명이 왕관을 씌워줄 것이다. 내가 서둘지 않더라도.[80]

뱅코 별안간 새로 주어진 영예는 새로 입은 의복처럼 한참 동안 몸에 잘 맞지 않는 법이다.

맥베스 (방백) 될 대로 되어라. 아무리 사나운 날이라도 때와 시간은 흘러간다.[81]

뱅코 맥베스 장군, 이제 떠나실까요.

맥베스 실례했소.[82] 잊었던 일을 생각해내려고 넋을 잃고[83] 있었소. 두 분의 수고는 마음속에 새겨두고 매일같이 읽도

---

78 마침내 '살인'이라는 말이 나왔다.

79 인간의 몸을 왕국에 비유한 표현은 당시 문학에 흔히 쓰였다.

80 덩컨 왕 살해라는 강경한 수단이 아니라도, 될 수 있는 것이라면 내버려두어도 국왕이 될 것이다. 여기서 맥베스는 강경한 수단을 일단 단념한다. 하지만 이것도 잠시, 1막 4장에서 다시금 강경한 결의를 굳힌다.

81 당시 속담에 '아무리 오랜 날이라도 끝이 있다'는 말이 있다. 하지만 의미는 그리 간단하지 않을 듯하다. '될 대로 될 것이니 운에 맡기자'는 것인지, '그렇기 때문에 아예 결단을 내려 해치우자'는 것인지 단정하기 어렵다. 아마 둘 다일 것이다. 그리고 그것이 맥베스의 비극이라 할 수 있을 것이다. '때와 시간(time and the hour)'을 '호기', '찬스'로 해석하는 학자도 있다. '아무리 사나운 날이라도'—여기서는 번개와 천둥 소리.

82 무대 전면에서 후방의 뱅코와 로스, 앵거스 쪽으로 접근하는 맥베스의 동작.

83 새빨간 거짓말!

록 하겠소……. 자, 폐하께 가십시다.

(뱅코에게) 오늘 일을 잘 생각해두시오. 후일 시간이 있으면 충분히 검토하여 서로 흉금을 터놓고 이야기합시다.

뱅코 네, 그렇게 하십시다.

맥베스 그럼 오늘은 이만 하고 그때 다시……. 자, 가십시다.

(두 사람 앞장서 퇴장)

4장 포레스, 궁중의 한 방

팡파르.[84] 덩컨 왕, 맬컴, 도널베인, 레녹스와 시종들 등장.

덩컨 코더 처형은 끝났나? 집행자들은 아직 돌아오지 않았나?

맬컴 폐하, 아직 돌아오지 않았습니다. 하오나 코더의 죽음을 목격한 사람의 말을 듣자오면 그가 솔직히 자기 죄를 고백하고 폐하의 대사(大赦)를 애원하옵고 깊이 후회의 뜻을 나타냈다 하옵니다. 그의 죽음은 그의 생애를 통하여 가장 훌륭한 것이었다 하옵니다. 죽는 이상은 어떻게 죽어야 할지 충분히 아는 사람처럼 가장 소중한

84 국왕과 같은 고관과 현관(顯官)의 등장을 나타낸다.

목숨을 보잘것없는 지푸라기처럼 미련 없이 버렸다[85] 하옵니다.

덩컨 사람은 얼굴만 보고 그 마음의 본성을 알 수 없다.[86] 그는 짐이 가장 신뢰하던 사람[87]이다.

맥베스, 뱅코, 로스와 앵거스 등장.

오 위대한[88] 맥베스여! 짐의 망은(忘恩)의 죄[89]를 지금도 미안하게 생각하던 중이오. 그대는 너무 앞서 나가기 때문에, 은상(恩賞)에 아무리 빠른 날개를 달아 날려 보내도 따라갈 수가 없소. 그대의 공적이 조금 작았더라면 감사와 보상의 균형을 잡을 수 있었을 텐데! 그대가 받아야 할 것은 짐의 보답 이상의, 그 이상의[90] 것이오.

맥베스 폐하께 충성하는 것은 소신의 당연한 본분이옵고, 그것

---

85 유명한 구절. 코더의 최후 묘사는 예의 '화약 사건(Gunpowder Plot)'(1605)에 연좌되어 1606년 1월에 처형된 디그비(Sir Everard Digby)의 최후와 관련이 있다고 주장하는 학자도 있다. 디그비는 제수이트파의 가톨릭에 귀의했다.

86 이 무슨 드라마틱 아이러니인가! 덩컨 왕은 코더가 모반했음에도 아직 맥베스의 마음의 본성을 알아보지 못한다.

87 '가장 신뢰'하는 제2 코더의 등장!

88 장차 맥베스는 '가장 위대한' 사나이(국왕)가 된다.

89 간단한 묘사이면서도 이상적 군주로서 덩컨의 선량함이 남김없이 그려져 있다. 그를 죽이는 맥베스의 잔학성! 덩컨은 '짐의 망은의……'라 하는데, '짐의'는 소유격인가, 목적격인가!

90 비교급을 두 개씩이나 겹쳐 쓰는 데서 덩컨의 선량함이 드러난다.

을 다하는 일 자체가 은상이옵니다.[91] 폐하께옵서는 다만 그것을 받아들이시면 되옵니다. 그리고 신들의 충절이란 왕실과 국가의 아들이며 충복으로서 오직 폐하의 은총과 명예를 명심하고 만사에 의무를 다하는 일이옵니다.

덩컨 반갑소. 짐은 그대의 뿌리를 튼튼히 심어놓았소.[92] 그대가 번성하도록 힘쓰겠소. 훌륭한 뱅코여, 그대도 맥베스에 못지않은 훈공을 세웠소. 그것을 누구나 인정해야 할 것이오. 자 내 가슴에 꼭 껴안게 해주오.

뱅코 폐하의 품 안에서 소신도 생장하오면[93] 그 수확은 모두 폐하의 것이옵니다.

덩컨 짐의 이 무한한 기쁨[94]은 넘쳐흘러서 눈물 속에 스며들려 하오…… 왕자들이여, 근친들이여, 영주들이여, 그 밖에 짐의 친근한 경들에게 고하노니 지금 왕위 계승자를 짐의 장자 맬컴으로 정하고 금후 그를 황태자 컴벌랜드 공이라[95] 부르도록 하노라. 하지만 그 영예는 그에게

---

91 맥베스의 대사가 자연스런 경애의 표현과는 반대로 무리한 이치로 이어진 점에 주의. 인공적인 표현에 진실이 깃들 리 없다. 성군 덩컨도 혐오감을 느꼈는지 맥베스에게 하는 대사는 끝내고 뱅코에게 말을 건다.

92 맥베스를 최근 코더 영주로 봉한 일. 〈맥베스〉에는 '자연'에 관한 이미지가 무척 많다. 덩컨과 뱅코는 '자연의 질서'의 보호자며, 맥베스와 맥베스 부인은 그 파괴자다. 식물, 짐승, 번개, 천둥, 비, 바람, 시간 등의 이미지가 많음은 독자도 아는 바와 같다.

93 덩컨의 식물의 이미지에 대한 뱅코의 유머러스한 대답.

94 훗날 덩컨의 비극을 생각하면 이 무슨 아이러니인가!

95 영국의 황태자는 'Prince of Wales'라 불리는데 당시 스코틀랜드 황태자는 컴벌랜드

만 돌아가는 것이 아니라 영광의 문장(紋章)이 별처럼 모든 공신들 위에 빛나게 할 것이오……. 이제 곧 인버네스로[96] 가서 그대에게 또 수고를 끼쳐야겠소.

맥베스 휴식도 폐하를 위한 일이 아니오면 도리어 고통이 되옵니다.[97] 신이 선발 역을 맡아, 신의 처에게 폐하의 행차를 알리고 기쁘게[98] 해주겠사옵니다. 이만 물러가겠습니다.

덩컨 훌륭한 코더여!

맥베스 (방백) 컴벌랜드 공이라! 이것은 발판[99]이다. 내가 걸려서 넘어지느냐, 아니면 뛰어넘느냐 하는. 아무튼 그것이 내 앞을 가로막고 있다. 에잇, 별들도[100] 빛을 감춰라! 나의 검고 깊은 야망을 비추지 마라. 손이 하는 일에는 눈을 감아라. 하지만 해치우면 눈은 두려워 제대로 보지도 못할 것이다.[101] (퇴장)

공이라 불렸다. 당시 왕위는 세습이 아니고 일종의 선거제였다. 맬컴은 아직 어렸기 때문에 근친자 중 유력자 맥베스가 커다란 야망을 품은 것이다. 컴벌랜드는 현재의 컴벌랜드, 웨스트모얼랜드, 랭커셔 북부, 스코틀랜드의 스트래스클라이드 등을 포함한 넓은 지역으로, 스코틀랜드 왕이 영국 왕에게서 받은 봉토였다.

96 인버네스 성(城). 맥베스의 성.

97 사실 이제부터 노고(고통)는 덩컨을 위한 것이 아니다! 하지만 이 얼마나 힘겨운 표현인가. 맥베스의 고통(야심)을 생각한다면 이 무슨 극적 아이러니인가!

98 맥베스 부인은 과연 어떤 의미로 기뻐할까!

99 말이나 차에 오를 때의 발판. 맬컴은 컴벌랜드 공이라는 지위를 발판으로 왕위에 오른다.

100 당시 별에는 해와 달도 포함되었다. 이 장면이 실제로 밤이 되는 것은 아니다. 맥베스는 장차 어둠 속에서 수행되어야 할 암흑의 행위를 마음속에 그린다.

덩컨 사실 그렇소.[102] 뱅코, 그대 말처럼 맥베스는 참으로 용감하오. 그에 대한 찬사는 아무리 들어도 역겹지 않으며 내게는 커다란 향연이오. 자, 그의 뒤를 따릅시다. 그는 짐을 환영할[103] 일이 걱정되어 먼저 간 것이오. 근친이지만 참으로 비할 데 없이[104] 훌륭한 사람이오. (팡파르, 일동 퇴장)

5장 인버네스, 맥베스의 성

맥베스 부인[105], 편지를 읽으면서 등장.

맥베스 부인 (읽는다.)[106] '내가[107] 마녀들을 만난 것은 개선하는 날이었는데, 완벽한[108] 정보에 따르면 그들은 인지(人智)가

101 이때 맥베스가 덩컨을 살해하는 일이 결정되었다고도 할 수 있다. 하지만 아직 결정되기 전이라고도 할 수 있다. 그 결심은 바로 흔들리기 때문이다. 성급한 결정, 결심, 주저, 철회, 공포, 단행, 공포, 주저…… 여기에 그의 비극이 있다.

102 맥베스의 무서운 대사에 이어지는 덩컨의 이 말은 얼마나 통렬한 아이러니인가!

103 어떤 환영, 어떤 걱정!

104 맥베스의 음흉한 계략도 '참으로 비할 데 없는' 것!

105 이 장면의 배경이 되는 장소가 성내의 일실인지, 성문인지는 학자에 따라 의견이 다르다. 성내의 일실이라면 부인은 '2층 무대(chamber)'에 나타나면 된다.

106 맥베스 부인이 맥베스가 보낸 편지를 절반쯤 읽었다는 상정이다. 대사는 편지 중간쯤부터 시작된다.

107 맥베스는 마녀와 만난 장면에서 뱅코도 함께 있었음을 부인에게 말하지 않는다.

108 맥베스가 '완벽한' 정보망을 가지고 있었던 듯하다.

미치지 못하는 것을 가지고 있는 듯하오. 내가 조금 더 알아보고 싶은 마음에 불탔을 때 그들은 기화(氣化)하듯 사라져버렸소. 이상한 생각에 잠겨 망연히 서 있는데, 폐하의 사신이 와서 나를 '코더 영주'라 부르며 축하의 말을 퍼부었소. 앞서 그 괴상한 여자들이 이 칭호로 내게 인사를 했고, 동시에 나의 미래까지 예언하여 '장차 왕이 되실 분!'이라 한 거요. 이 일을 나는 당신에게 알리는 것이 좋겠다고 생각했소. 나의 가장 사랑하는 위대한[109] 반려자여, 당신이 장래에 당신에게 얼마나 위대한[110] 것이 약속되어 있는지도 모르고 당연히 받아야 할 기쁨을 놓쳐서는 안 될 것이오. 다만 이 일은 가슴속 깊이 간직해야 하오. 그럼 이만하오.'

당신은 글래미스 영주시고, 또 코더 영주시니 다음에는 약속된[111] 대로 반드시 되실 것입니다. 다만 걱정이 되는 것은 당신의 천품, 지름길을 취하시기에는 너무나 인정의 달콤한 젖[112]이 많으십니다. 당신은 위대해지기를[113]

---

109 왕위에 오른다는 '위대한' 기도와 그것을 함께 실시하는 '위대한' 반려자.

110 맥베스는 '위대'라는 말을 되풀이한다.

111 맥베스 부인은 아직 '국왕'이라고는 말하지 못한다.

112 'milk of human kindness', 유명한 구절이다. 젖은 어머니, 아이들, 영양, 건강, 천진, 결백과 관련되고, 'human kindness'는 '자비심' '친절'인가, '인간의 자연스런 정'인가에 대해 학자마다 의견이 다르다. 아마 두 가지를 합친 개념이라 할 수 있을 것이다. 홀린셰드의 《스코틀랜드 연대기》에는 맥베스가 단지 '약간 잔혹한 사나이'로 묘사된다. 셰익스피어의 맥베스는 훨씬 복잡한 인간이다.

113 맥베스 부인의 '위대'하다는 말은 남편 맥베스의 말이 옳은 것인가?

원하시며, 야심이 없으신 것도 아니지만, 그것을 조종할 사악한 마음이 없습니다. 몹시 원하시는 것을 정당한 방법으로 이루려 하십니다. 잘못은 범하지 않으려 하면서 부당한 것을 바라십니다. 위대한 글래미스 영주시여, 당신이 원하는 것은, 만약 원한다면 '이렇게 해야 한다'고 외치고 있습니다. 당신은 그 일을 두려워하시면서 이대로 물러나지도 않으려 하십니다. 자, 어서 돌아오세요. 저의 기운[114]을 당신 귀에 퍼부어, 제 혀의 힘으로 운명과 마성(魔性)의 힘이 당신의 머리 위에 씌우려 하는 금환(金環)[115]을 방해하는 모든 것을 쫓아버리겠습니다.

사자 등장.

무슨 소식이오?

사자 오늘 밤 이곳에 폐하가 행차하시옵니다.

맥베스 부인 그 무슨 정신 나간[116] 소리요? 영주는 폐하와 같이 계실

---

114 'spirits'를 옮긴 말. 당시 생리학에서 혈관과 신체의 중요 기관에 존재한다고 여긴 정밀한 물체 혹은 액체로, 물질과 정신을 융합하는 인간 정신의 최고 기능을 관장한다고 생각했다.

115 왕관.

116 사자는 단순히 맥베스 부인이 놀라서 한 말이라고 생각할 것이다. 하지만 우리에게 '정신 나간(mad)'이란 소리는 너무 강하게 들린다. 금환, 왕관을 꿈꾸던 맥베스 부인은 '폐하'를 일순 남편인 맥베스의 일로 생각한 듯 '그 무슨 정신 나간 소리요?'라고 묻는다. 하지만 정신 나간 것은 망연자실해 있던 부인 자신이었다. 맥베스에 이어 부인마저도 '망연'케 한 악마들의 득의에 찬 모습을 생각해보라!

텐데? 그렇다면 미리 준비하라고 알려주셨을 게 아니오.

사자 죄송하오나 사실이옵니다. 영주님께서도 곧 돌아오십니다. 소인의 동료가 먼저 달려와서 숨이 끊어질듯, 겨우 이 보고만 전했습니다.

맥베스 부인 그를 잘 돌봐주오. 중요한 소식을 전했으니. (사자 퇴장) 까마귀[117]까지도 목쉰 소리로 덩컨이 운명에 끌려 입성하는 것을 고하고 있다……. 자, 살인 음모에 가담하는 악령들아,[118] 나의 여자의 마음을 버리게 하고 머리 꼭대기에서 발톱 끝까지 잔인한 마음으로 가득 차게 하라! 나의 피를 엉기게[119] 하여 측은한 마음이 일어나는 통로를 막아버리고 후회하는 마음이 이 무서운 결심을 뒤흔들거나 달성하기 전에 단념하는 일이 없도록 하여라! 보이지 않는[120] '실체'[121]로서 어디서나 세상의 재화를 부

---

117 전통적으로 '불길함'을 상징하는 새. 현실에서 까마귀는 불길한 목쉰 소리로 울고, 사자는 목쉰 까마귀처럼 헐떡이며 무서운 소식을 전한다.

118 악령들(악마)은 인간의 주위에 편재하여 사람의 마음에 악이 깃들었을 때는 마음의 창, 눈으로 그것을 알고 그 악을 유혹·조장하는 것으로 생각되었다.

119 당시 생리학에 따르면 '옮은 건전한 피'(〈햄릿〉 1막 5장)를 '엉기게' 하는 것은 '멜랑콜리'다. 혈액이 '엉겨' 진해지면 혈액 속 'spirits'(앞의 주 참조)의 민첩한 운동이 방해되고(다음 행), 그리하여 맥베스 부인의 측은한 마음의 기능이 완전히 정지된다.

120 당시의 일반적인 생각, 악마나 악령들은 마치 꿀벌이 벌집에 드나들듯이 자유자재로 인간의 몸에 드나들며 인간 마음의 악을 유혹·조장했다. 그들은 어떤 모습을 하고 있을 수도 있고, 공기처럼 무형일 수도 있었다. 인간 주위의 공중에는 여름날 번성하는 하루살이 떼처럼 악령이 충만하다고 생각되었다.

121 스콜라 철학의 기본적인 사고, '우유성(偶有性)'에 대한 사물의 본질적 실체를 말한다.

세상을 속이려면 세상 사람들과 같은 얼굴을 하셔야 합니다.
눈이나 손이나 혓바닥에도 환영의 빛을 띄워
겉으로는 무심한 꽃처럼 보이게 하시고,
그 그늘에 숨은 뱀이 되십시오.
- 1막 5장

르는 살인의 앞잡이들아, 이 풍만한 가슴속에 숨어들어 달콤한 것을 쓰디쓴 담즙[122]으로 바꿔다오! 자, 어두운 밤이여 어서 오너라, 지옥의 시꺼먼 연기로 온통 네 몸을 둘러싸라. 나의 날카로운 비수[123]가 찌른 상처를 보지 못하도록! 하늘도 어둠의 장막을 통하여 '중지하라!' 고 외치지는 못하도록!

맥베스 등장.

맥베스 부인 위대하신 글래미스 영주! 훌륭하신 코더 영주여! 아니, 그 둘보다 훨씬 위대하신 분! 미래를 축복하는 예언이 그렇게 말하고 있습니다. 당신의 편지를 읽은 뒤로는 아무것도 모르는 현재를 뛰어넘어 몸과 마음이 미래[124] 속에 잠기는 느낌입니다.

맥베스 나의 가장 사랑하는 부인, 폐하가 오늘 밤 이곳에 행차하시오.

맥베스 부인 그리고 언제 이곳을 떠나십니까?[125]

---

122 당시 생리학에서는 담낭에 증오, 복수심 등의 격렬한 감정이 들어 있다고 여겼다. 담즙은 '노여움'의 체액.

123 맥베스 부인이 덩컨 왕을 자기 손으로 살해할 듯한 어조.

124 미래 속에 잠겨드는 맥베스 부인. 전장에서 돌아와 가슴속 무언가를 애정과 함께 털어놓으려는 맥베스.

125 천국으로?

맥베스 내일, 예정으로는.

맥베스 부인 오, 그 내일을 태양은 결코 볼 수 없을 것입니다![126] 당신의 얼굴은 영주시여, 심상치 않은 일이[127] 씌어 있는 책과 같습니다. 세상을 속이려면 세상 사람들과 같은 얼굴을 하셔야 합니다. 눈이나 손이나 혓바닥에도 환영의 빛을 띄워 겉으로는 무심한 꽃처럼 보이게 하시고, 그 그늘에 숨은 뱀이 되십시오.[128] 아무튼 오실 손님을 위해서 충분한 준비[129]를 해야 합니다. 오늘 밤의 큰일은 제게 맡겨주십시오.[130] 앞으로 우리의 기나긴 세월에 무상(無上)의 권력이 찾아들지는 오직 그 일에 달려 있습니다.

맥베스 뒤에 다시 의논합시다.

맥베스 부인 그저 얼굴을 들고 밝은 표정을 지으시면 됩니다.[131] 안색을 바꾸는 것은 불안하다는 증거입니다. 만사는 제게 맡겨주세요. (두 사람 퇴장)

---

126 덩컨 왕 살해를 가리키며, 다음 날에는 일식(日食)이 일어난다!(2막 4장 참조) 태양은 덩컨 왕이며 동시에 실제 태양이기도 하다. 이 대사를 듣는 맥베스는 놀라고 맥베스 부인은 그런 맥베스의 얼굴을 바라본다. 이 행이 미완의 반 행으로 끝난 것은 그 때문이다.

127 1막 2장 참조.

128 버질(Virgil)에서 나온 말로, 당시 흔히 쓰이던 말이다. 이것은 흡사 하와가 아담을 유혹한 것과 같다!

129 어떤 준비일까?

130 맥베스 부인이 혼자서 전부 할 듯한 어조다.

131 맥베스는 시선을 떨어뜨리고 맥베스 부인은 계속 맥베스를 고무시킨다. 하지만 맥베스 자신도 꽃 그늘에 숨은 뱀이며 장차 독아(毒牙)로 찌르는 것은 그 자신이다.

6장 앞 장과 같음

오보에[132] 소리와 횃불. 덩컨 왕, 맬컴, 도널베인, 뱅코, 레녹스, 맥더프, 로스, 앵거스와 시종들 등장.

덩컨 이 성은 좋은 곳에 자리잡고 있소. 바람이 상쾌하여 나른한 관능을 어루만지는 듯하오.

뱅코 저기 초여름의 길손, 사원에 깃드는 제비가 열심히 집을 짓는 것을 보면 이 부근은 하늘의 숨결도 향기로운 것을 알 수 있습니다. 추녀 끝, 서까래 옆, 벽 받침, 그 밖에 살 만한 곳은 어느 구석에나 저 제비들이 잠자리를 달아매고 새끼를 기르는 요람을 만들고 있사옵니다. 저 새들이 즐겨 집을 짓는 곳은 반드시 공기가 좋은 곳인 듯하옵니다.[133]

---

132 본편 중 유일하게 온화한 장면. 성의 배경으로 아름다운 석양을 상상해도 좋을 것이다. 하지만 이 배경 밑에, 성내로 점차 스며드는 죽음의 그림자가 덩컨의 이상주의에 대비된다. 시종들이 횃불을 환히 비추고, 오보에의 미묘한 음색은 이 장면의 온화하면서도 음산한 분위기에 잘 어울린다.

133 덩컨과 뱅코의 이 대사에는 '좋은' '어루만지는' '초여름' '길손' '사원' '사랑' '하늘의 숨결' 등 인생의 가치나 긍정적인 것의 이미지가 많다. 여기서 덩컨을 맞는 것은 '목쉰 소리를 내는 까마귀'가 아니라 '사원에 깃드는 제비'이다. 이 대목의 강렬한 아이러니에 주의할 것.

맥베스 부인 등장.

덩컨 아, 부인이 오는군! 호의가 지나치면 때로는 귀찮은 일이지만 그것은 역시 호의이므로 우리는 감사하는 것이오. 그러니 부인을 귀찮게 해드리지만 짐에게 신의 은혜를 빌고 감사하기 바라오.

맥베스 부인 신들의 봉공은 그 하나하나를 두 곱 하고 다시 또 그 두 곱을 한다 해도 보잘것없이 빈약하고 단순한[134] 것이오라, 폐하께서 신의 집에 내려주신 광대무변한 은총과는 비할 수도 없사옵니다. 종전의 일은 물론이옵고 그에 더해 이번에 베푸신 광영, 신들은 오직 폐하의 만수무강을 빌 뿐이옵니다.

덩컨 코더 영주는 어디 있소?
우리는 바로 뒤쫓아 먼저 준비 역을 맡으려 했으나 원래 그는 마술(馬術)의 명인이라, 그리고 그의 뜨거운 충성심이 박차를 가하여 여기까지 따를 수가 없었소. 고귀하고 아름다운 부인, 오늘 밤 유숙을 부탁하오.

맥베스 부인 폐하의 종복인 신들은 분부가 계신 대로 언제나 저희 하인, 저희 자신 그리고 저희의 재산을 결산하여 도로 바칠 생각이옵니다.[135]

---

134 '두 곱(double)'과 '단순(single)'의 대비가 재미있다. 더블은 두 마음을 품은 맥베스 부부, 싱글은 진실 일로의 성군 덩컨을 연상시킨다.

덩컨 자, 손을 주오. 주인께 짐을 안내하오. 짐은 영주를 깊이 사랑하오. 이 마음은 언제까지나 변치 않을 것이오. 부인, 그럼 손을.[136]

부인의 손을 잡고 성으로 들어간다.

7장 맥베스의 성

노천(露天). 좌우에 문 두 개. 좌측, 즉 남쪽 문이 성 밖으로 통하는 출입구. 우측 문은 안의 방으로 통한다. 두 문 중간, 고대(高臺) 밑에 커튼에 가려진 요처(凹處)가 있으며 그 끝이 제3의 문이다. 그 문을 열면 위의 방으로 오르는 계단이 보인다. 측면 벽에 테이블과 벤치. 오보에 소리 들리고 횃불이 타오르는 가운데 주방장이 하인 몇 명을 데리고 우측 문으로 등장, 내정(內庭)을 가로질러 식기와 요리를 나른다. 그들이 나올 때 안에서 연회의 소음이 들린다. 이윽고 같은 문으로 맥베스 등장.

---

135 신하가 소유하는 것은 주군의 것이며, 이것을 어떻게 사용하든 주군의 권리라는 말이다. 부인의 논리는 옳지만 논리로만 겉돈다.

136 여기서 덩컨 왕이 맥베스 부인의 손을 잡을 뿐인가, 포옹하여 키스까지 한 것인가는 주석가의 의견이 각기 다르다. 아무튼 이상적 군주 덩컨은 기분이 썩 좋은 모습이며 이리하여 덩컨의 오보에 소리, 목쉰 까마귀 소리 속에 덩컨의 '운명의 입성'이 시작된다.

맥베스 해버리면,[137] 그것으로 일이 끝난다면, 얼른 해버리는 것이 좋을 것이다. 만약 암살[138]이 그 성과를 일망타진할 수 있고, 그[139] 종언(終焉)과 더불어 대원(大願)을 성취할 수 있다면, 그리하여 이 일격이 영원한 시간의 흐름인 이승에서 전부가 되고 종국이 된다면, 저승은 어떻게 되건 뛰어들어 기꺼이 모험을 하리라. 그러나 이런 일은 반드시 현세에서 심판을 받는 법이다.

—누구에게나 피비린내 나는 악행을 교사하면, 인과는 돌아와 원흉을 쓰러뜨린다. 정의의 신은 공평하여 우리가 독살을 준비하면 그 독배를 우리 입술에 들이댄다. 덩컨 왕이 이곳에 온 것은 나를 이중으로 신뢰하기 때문이다. 첫째, 나는 근친이며 신하이므로 어떤 점에서 보더라도 그런 일을 할 리가 없다. 둘째, 나는 이 집 주인으로 자객을 막아 문을 닫을망정 스스로 비수를 든다는 것은 생각할 수도 없는 일이다. 더욱이 덩컨 왕은 온후하신 임금이시며 대권을 가지고도 청렴결백하시어, 그의 시역(弑逆)이라는 비도(非道)가 행해지면, 그의 미덕

---

137 원문은 "If it were done, ……"으로, 주어는 막연히 'it'이다. 맥베스는 좀처럼 '죽음'이라는 말을 하지 못한다.

138 결연히 '암살'이라고 말한다.

139 원문 'his'는 당시 영어의 의미로는 덩컨을 의미하는지, 'it'와 같이 '암살'을 받는지 명확하지 않다. 둘 다 포함한다면 맥베스의 복잡한 기분을 표현할 수 있으니 재미있다.

은 천사가 부는 나팔처럼 울려 퍼져 그 죄를 천하에 호소할 것이다. 그러면 '연민'[140]이 벌거숭이 갓난애[141]나 성스런 하늘의 동자(童子)[142] 모습으로, 질풍을 타고 허공을 달려 보이지 않는 말[143]에 올라, 그 무참한 악행을 만인의 눈 속에 불어넣어, 넘치는 눈물은 바람도 자게 할[144] 것이다. 그에게 거역하면서까지 나의 계획을 채찍질할 박차는 하나도 없다. 날뛰는 야심은 있지만, 그것만으로는 말 안장 너머로 나가떨어질 뿐이다—.

맥베스 부인 등장.

웬일이오! 무슨 일이 있었소?

맥베스 부인 폐하께서는 식사를 거의 다 하셨어요. 당신은 왜 자리를 뜨셨어요?

---

140 'pity'를 의인화하는 일은 예부터 있었다. 주의할 것은, 당시 'pity'가 연민과 함께 경건(piety)도 의미했다는 점이다. 이것이 완전히 분리된 것은 1600년 이후의 일이다. '심판' '정의'가 모두 세속적인 동시에 종교적 의미가 있는 것처럼 이 대목도 의미의 이중성을 갖는다.

141 참으로 동정할 만한 맥베스의 상상으로 맥베스 부인은 뒤에 이 벌거숭이 갓난애를 내던지고 머리통을 부숴버린다.

142 천사에는 아홉 계급이 있는데, 이것은 그 두 번째로 흔히 사원의 벽화 등에 신을 향한 사랑에 불타는 홍안의 미동(美童)으로 그려졌으며, 정의, 지식 등을 주재한다. 이 대목은 성서 〈시편〉 18편 10절과 관련이 있다.

143 '바람'을 가리킨다.

144 '넘치는 눈물은(폭우는) 바람도 자게 한다', 즉 '폭우가 쏟아질 때는 바람이 잔다'는 당시 흔히 쓰이던 말.

맥베스 나를 찾으셨소?[145]

맥베스 부인 그걸 모르셨어요?[146]

맥베스 그 일은 그만둡시다. 최근 폐하께서는 내게 은상(恩賞)을 내려주셨고, 나는 각 방면에서 호평을 받고 있소. 일껏 몸에 지닌 이 새로운 광휘[147]를 함부로 벗어던지고 싶지 않소.

맥베스 부인 그러면 지금까지 당신의 몸을 덮고 있던 그 희망은 술에 취해 그러셨던 것입니까? 쭉 잠들어 계셨던 셈인가요? 그리고 지금 깨어보니, 그때는 대담하게 보았던 것을 흘긋 쳐다보기만 해도 소름이 끼친다는 말씀인가요? 이제부터는 당신의 애정도 그런 것인 줄 알겠습니다. 마음으로는 원하면서도 그것을 용감히 행위에 옮기는 것은 두렵다는 말씀이지요? 이 세상의 보배라고 생각하시는 것을 간절히 얻고자 하시면서도 별수 없는 겁쟁이라 체념하여 '해 보이겠다' 하면서도 '역시 못하겠어', 발을 적시지 않고 물고기를 얻으려는 고양이처럼[148] 살아가실 작정이십니까?

---

145 부인의 물음에 대한 답은 되지 않는다. 맥베스는 항상 자신의 생각이나 결단보다도 타인의 평판에 신경을 쓴다.

146 '당연하지 않습니까'라고 말하기라도 할 듯 부인의 어조가 격렬하다.

147 '박수', '말' 등 무장에 어울리는 이미지를 사용하던 맥베스는 여기에서 의복의 이미지로 바꾸어 부인을 설득하려 한다.

148 당시 흔히 쓰이던 속담.

맥베스 제발 그만하오.[149] 사나이다운 일이라면 무엇이든 해 보이겠소. 하지만 도가 지나치면 그건 사나이도 인간도 아니오.

맥베스 부인 그럼 어떤 짐승이었나요?[150] 당신을 교사하여 이 계획을 밝히게 한 것은? 대담하게 밝히셨을 때야말로 당신은 사나이였습니다.

그 이상 되시면[151] 당신은 그만큼 더욱 사나이다워질[152] 수 있습니다. 시간도 장소도 그때는 적당치 않았지만 당신은 두 가지를 갖추려 하셨습니다. 그런데 이번에는 저절로 갖춰지니 도리어 당신은 물러서겠다 하십니다.

저도 젖을 먹여보아서,[153] 젖을 빠는 갓난아기가 얼마나 귀여운지 잘 알고 있습니다. 그러나 하려고만 하면, 천진스레 웃으며 젖을 빠는 아이의 말랑한 잇몸에서 젖꼭지를 빼버리고 머리를 둘러메쳐 뇌수를 꺼내 보일 거예

---

149 맥베스는 '겁쟁이'라는 말을 듣고 불쾌한 기색을 보인다.

150 맥베스는 슈퍼맨을 가리켜 말하는 것인데, 부인은 일부러 그것을 인간 이하의 것, 짐승으로 받아 풍자한다. 맥베스가 부인에게 계획을 밝힌 것이 언제인지는 알 수 없다. 맥베스를 자기 페이스에 말려들게 하려는 부인의 고급 트릭인지도 모른다.

151 즉 '왕이 되면'.

152 용감한 사나이가 되려면 덩컨 왕을 죽여야 한다는 부인의 비논리(非論理). 무인(武人) 맥베스는 마치 오셀로가 이아고의 트릭에 걸린 것처럼 부인의 논리의 함정에 빠져든다.

153 여기서 맥베스 부인에게는 아이가 있는가, 있다면 몇이나 있었는가 하는 우스운 억측이 생겨난다. 부인이 강조를 위해 이런 이미지를 사용했다고도 생각된다. 당시의 관중도 불필요한 추측은 하지 않았을 것이다.

이제부터는 당신의 애정도 그런 것인 줄 알겠습니다.
마음으로는 원하면서도 그것을 용감히
행위에 옮기는 것은 두렵다는 말씀이지요?
- 1막 6장

요. 그때의 당신처럼 일단 하겠다고 맹세한 이상은.

맥베스 만약 우리가 실패한다면?[154]

맥베스 부인 우리가 실패해요?

용기를 있는 대로 내시면 우리는 실패하지 않습니다.

덩컨 왕이 잠들면—오늘 낮의 여행이 피곤했던 만큼 깊이 잠들 테니까—두 시종에게는 제가 실컷 술을 퍼 먹이고 두뇌의 보초[155]인 기억력을 녹여 몽롱하게 하면, 이성(理性)의 그릇도 한낱 증류기가 되어버릴 것입니다. 돼지처럼 잠이 들어 둘 다 죽은 것같이 술에 곯아떨어지면 호위 없는 덩컨에게, 당신과 저는 무슨 일인들 못하겠소? 술에 곯아떨어진 시종들에게 우리의 대역죄를 덮어씌울 수도 있지 않습니까?

맥베스 사내아이만 낳으시오! 두려움을 모르는 그 기질로는 사내밖에 낳지 못하겠소. 이러면 어떻겠소? 잠든 두 호위에게 피칠을 하고, 단검도 두 사람의 것을 사용해 그자들 소행으로 보이게 하는 것이오.

맥베스 부인 누가 그걸 의심하겠어요? 왕의 죽음을 보고 우리가 비

---

154 화제를 바꾸는 겁이 많은 맥베스. 천천히 한마디 한마디 말한다.

155 당시의 해부학에 따르면 두뇌는 상상력, 이성, 기억을 맡는 세 부분으로 나뉜다. 이 중에서 몸의 다른 부분에 가장 가까운 것이 기억 부분이다. 그러므로 '두뇌의 보초'로서 두뇌의 다른 부분을 보호한다. 술은 위(胃)에서 올라가 '기억'을 범하고, '기억'은 증기가 되어 다시 다른 부분을 혼란시킨다. 그래서 '이성'을 넣어두는 용기도, 이성이 아닌 혼란된 증기로 충만해진다.

탄에 빠져 대성통곡을 하면.

맥베스 결심을 했소. 있는 힘을 다해 이 무서운 일에 맞섭시다. 자, 갑시다. 밝은 얼굴로[156] 세상 사람을 속입시다. 거짓 마음이 아는 것은 거짓 얼굴로[157] 감출 수밖에 없는 것이오. (왕의 방으로 돌아간다.)

---

156 맥베스는 1막 5장 마지막에 나오는 맥베스 부인의 말을 마지못해 실행한다.

157 당시 속담에 '예쁜 얼굴, 더러운 마음(fair face, foul heart)'이라는 것이 있다.

2막

1장 앞 장과 같음

한두 시간 후, 정면에서 뱅코가 나온다. 플리언스가 횃불을 들고 안내한다. 뒤의 문을 열어놓은 채 앞으로 나온다.

뱅코 플리언스야, 밤이 얼마나 깊었니?

플리언스 (하늘을 올려다보며) 달은 졌습니다. 시계 소리는 듣지 못했습니다.

뱅코 달은 열두 시에 질 게다.

플리언스 좀 더 되었으리라고 생각됩니다만.

뱅코 잠깐 내 검을 좀 들고 있어라…… 하늘도 검약(儉約)을 하는가 보다.[1] 하늘의 별빛도 다 꺼졌구나[2]…… (단검이 달려 있는 벨트를 끄른다.) 이것도 좀 들어라. 무거운 잠이 납덩이처럼 내 몸을 짓누르는 것 같다. 그러나 자고 싶지는 않다.[3] 자비로운 신이여, 잠이 들면 평정한 마음을 몰아내고 춤추는 그 저주스런 망상을 제발 억제하여 주소서!

---

1 덩컨 왕께 문안을 끝내고 무장을 해제하는 뱅코. '하늘도 검약을 하는가'는 뱅코의 예의 유머러스한 표현. 1막 4장 참조.

2 1막 4장에서 맥베스가 명령한 대로 별도 그 빛을 감춘 듯하다.

3 그는 마녀들의 악몽을 두려워한다.

맥베스와 횃불을 든 시종, 오른쪽에서 등장.

(흠칫하며) 칼을 다오.[4]

누구냐?[5]

맥베스 동료요.[6]

뱅코 아니, 아직 주무시지 않으셨어요? 폐하께서는 주무십니다. 폐하께서는 매우 기뻐하시고, 종복들에게도 많은 하사품을 내리셨습니다. 이 다이아몬드[7]는 극진한 대접을 하신 장군 부인께 감사의 표로 내리신 선물이오. 아무튼 폐하께서는 더없이 만족스런[8] 하루를 보내셨소.

맥베스 준비할 시간이 없어서 뜻은 있어도 부족한 것뿐이오. 그렇지 않으면 마음껏 대접해드렸을 텐데.

뱅코 만사가 다 잘되었소.[9] 어젯밤 나는 세 마녀 꿈을 꾸었소. 장군의 경우는 어느 정도 실현되었소, 그것들이 한 말이.

맥베스 생각지도 못했소, 그것들에 대해서는. 하지만 한 시간

---

4 뱅코는 인기척이 나자 아들 플리언스에게 칼을 되받아 경계 태세를 한다. 맥베스의 횃불과 뱅코의 검은 참으로 상징적이다. 이 정의의 검은 머지않아 맥베스의 머리 위에 떨어진다.

5,6 둘다 불완전하고 짧은 1행. 음산한 침묵과 긴장이 감돈다.

7 당시 다이아몬드는 악마를 몰아내는 것으로 생각되었다. 이 다이아몬드를 네 번째 마녀라고도 할 맥베스 부인에게 주다니!

8 이상적인 군주 덩컨의 마지막 모습.

9 '만사가 다 잘되었소'라고 말할 때, 퍼뜩 뱅코의 마음에는, 만사가 다 좋을 수만은 없다는 한 줄기 그림자가 비친다.

쯤 여유가 생기면 그 일에 관해서 좀 의논을 하고 싶은데, 장군의 사정은 어떠시오?

뱅코 언제든 기꺼이 만나 뵙지요.

맥베스 장군이 나의 생각에 동의하면, 때가[10] 오면 명예로운 지위를 약속할 수 있을 텐데.

뱅코 영달을 바라다가 도리어 몸을 망치거나 하면 곤란하지만, 마음도 상하지 않고 충성심도 더럽히지 않는다면 의논대로 하겠소.

맥베스 그럼 편히 쉬시오![11]

뱅코 고맙습니다. 장군께서도 편히 쉬십시오! (뱅코와 플리언스 퇴장)

맥베스 마님한테 가서 내가 잘 때 먹는 술[12]이 준비되면 종을 치라고[13] 말씀드려라. 너도 가서 자라. (시종 퇴장. 맥베스는 테이블에 앉는다.) 이것은 단검인가?[14] 내 눈앞에 보이는

---

10 맥베스는 분명히 말하지 않고 애매한 표현으로 뱅코의 의중을 타진한다. 물론 덩컨 왕을 죽여 자기가 왕위에 오르는 때를 가리킨다.

11 맥베스는 뱅코의 본심을 재빨리 눈치챈다. 뱅코도 머지않아 영원히 '쉬는(잠드는)' 것이다!

12 사탕, 비스킷, 달걀 등을 섞은 술에 뜨거운 우유를 부은 것. 이런 술을 마시는 건 당시 사람들의 일반적인 습관이었다.

13 '잘 때 먹는 술 운운'하는 것은 1막 7장에도 있듯이, 두 사람의 호위를 술에 곯아떨어지게 하는 일과 관련이 있다. 아마도 그때 '종을 울리기로' 약속한 모양이다. 종은 달리 '칠(strike)' 필요가 없는 것이지만, 이것을 상상하는 맥베스의 귀에는 그렇게 들리는 듯하다.

14 이 칼의 이미지는 작품 후반에 나오는 망령 따위와는 달리 관객에게는 보이지 않는다. 따라서 보통 맥베스의 환각으로 해석된다. 하지만 이것을 조종하는 것은 당시 악

이것도 좀 들어라. 무거운 잠이 납덩이처럼 내 몸을 짓누르는 것 같다.
그러나 자고 싶지는 않다.
자비로운 신이여, 잠이 들면 평정한 마음을 몰아내고
춤추는 그 저주스런 망상을 제발 억제하여주소서!
- 2막 1장

것은? 칼자루를 잡으라는 듯이? 오렴, 내 잡아주지. 허공을 잡았나? 한데 여전히 보인다. 불길한 환영—눈에 보이면서도 잡을 수는 없단 말인가? 아니면 너는 단지 마음에 비치는 단검, 열에 뜬 머리가 낳은 망상의 산물에 불과한 것인가? 아직도 보인다. 보기엔 조금도 다름이 없다. 나의[15] 이 검과 내가 가려는 방향으로 나를 인도하겠다는 말이지, 바로 너와 같은 것이다. 내가 쓰려던 것은! 눈만이 우롱을 받고 있단 말인가? 아니면 다른 감각보다 온전하단 말인가? 아직도 보인다. 칼날과 칼자루에 아까는 보이지 않던 피가 엉겨 있다. 아니, 사라졌다. 이 눈에 그렇게 보이는 것은 피비린내 나는 일을 생각하기 때문이다……. 지금 이 세상 절반은 만물이 죽은 듯 괴괴한 밤, 불길한 꿈이 장막에 싸인 잠을 어지럽히고 있다. 마녀들은 창백한 헤카테[16]에게 제물을 드리고, 무섭게 야윈[17] 살인귀는 그의 파수병인 늑대의 기다란 울음소리에 깨어나, 옛날 로마의 타르퀸[18]이 여

마학의 상식으로 보아 마녀들, 즉 악마이므로 이것을 보는 맥베스에게는 망령과 같은 것이며 하나의 객관적 실재다. 맥베스를 둘러싼 악마의 연출이라 할 수 있다. 현대의 정신병리학에서는 이것을 단순한 맥베스의 마음의 '투영'으로 본다.

15 미완의 1행. 맥베스는 자신의 검을 뽑는 동작을 한다.

16 고전과 중세 시대의 마녀의 여왕. 17~18세기 무렵에도 이것을 믿었다. 4막 1장 참조.

17 망령·마녀들은 대개 '야위어' 있었는데(1막 3장 참조), 자신의 살인 이미지에 떠는 맥베스에게는 더욱 이런 무서운 이미지가 떠오르는 듯하다.

자를 범할 때의 걸음걸이처럼, 이렇게 가만가만 소리를 죽여 유귀처럼 먹이에게 다가간다. 확고부동한 대지여, 나의 발걸음이 어디로 향하든 그 소리를 듣지 마라. 들으면 내가 하려는 일을 돌마저도 겁에 질려 소리 지르고, 이 시각에 어울리는 이 무서운 적막을 깨버린다.[19] 이렇게 위협의 말을 늘어놓고 있는 동안에도 그는 살아있다. 말이라는 놈은 실행의 정열에 찬바람을 몰아올 뿐이다. (종이 울린다.)

가자, 그러면 만사가 끝날 것이다. 종이 나를 부른다. 저 소리를 듣지 마라, 덩컨. 저것은 너를 천국 아니면 지옥으로 보낼 조종(弔鐘) 소리다. (열린 정면 문으로 숨어들어 한 단 한 단 계단을 올라간다.)

---

18 로마 타르퀴니우스 왕조의 일곱 번째 최후의 왕 루셔스 타르퀴니우스 수페르부스(기원전 534~510년)를 가리킴. 타르퀴니우스 콜라티누스의 아내 루크레티아를 사모해 남편이 없는 틈을 타서 그녀의 침실에 숨어들어 욕망을 이루었다. 루크레티아는 자살하고 타르퀴니우스와 그의 아들은 추방당했다. 예부터 유명한 이야기로 많은 시인들에게 각양각색으로 전해졌으며, 셰익스피어는 〈루크레티아의 능욕〉이라는 아름다운 시편(詩篇)을 짓기도 했다.

19 이 대목의 원문의 의미는 가정법의 소망으로도, 단순한 명령형으로도 볼 수 있다. 깨버리는 것이 곤란하다는 것인지, 아니면 그것이 맥베스의 참 소망인지 알 수 없으며, 실은 그것이 맥베스의 비극이다.

2장 앞 장과 같음

맥베스 부인이 오른쪽 문으로 등장. 손에 컵을 들고 있다.

맥베스 부인 두 사람을 곯아떨어지게 한 술이 나를 대담하게 만들었다.[20] 두 사람을 진정시킨 것이 내게는 불을 붙여주었다. 쉿![21] 조용히! 지금 나직이 우는 저것은 부엉이[22] 소리다. 사형수에게 마지막 휴식을 고하는 불길한 야경.[23] 그는 지금 일을 시작하고 있다. 문은 열려 있다. 만취한 두 호위는 코를 골면서 그들의 직무를 조롱하고 있다. 그 술에는 마약을 넣어두었으니 생과 사가 두 사람을 붙들어 살릴 것이냐 죽일 것이냐 하고 서로 다투고 있다.

맥베스 (안에서) 누구냐?[24] 뭐냐!

맥베스 부인 아! 잠이 깼을까, 실수하지 않았을까 걱정이야. 하려다가 실패하면 우리의 파멸이다! 저 소리![25] 두 사람의 단

---

20 맥베스 부인도 용기를 내려고 술을 퍼마셨다.

21 대담해졌다고 하면서도 별안간 들려오는 소리에 놀라는 모습을 보인다.

22 1막 5장의 까마귀처럼 부엉이는 죽음의 새를 뜻한다.

23 'Bellman', 당시의 런던 거리에서 종을 울리며 공지 사항을 알리던 사람. 밤에는 야경을 하고 시각을 알렸다. 여기서는 그 '야경'을 한층 구체적으로 보여준다.

24 맥베스는 무슨 소리를 들은 걸로 생각하여 일순 자제심을 잃고 무대 안쪽에서 소리를 지른다.

25 귀를 기울이는 맥베스 부인.

검을 내놓았으니, 못 볼 리 없어. 잠든 얼굴이 나의 아버지와 닮지만 않았으면, 내가 해치우고 말았을 거야. (돌아서서 계단 쪽으로 가려다가 문 앞에 모습을 나타낸 맥베스를 본다. 양손에 피가 묻어 있다. 단검 두 개를 왼손에 쥐고 비틀거리며 걸어 나온다.)

여보![26]

맥베스 (소리를 낮춰) 해치웠소…… 소리가 들리지 않았소?

맥베스 부인 들었어요, 부엉이 우는 소리와 귀뚜라미[27] 소리를. 당신 무어라고 말씀하시지 않았어요?

맥베스 언제?

멕베스 부인 방금.

맥베스 내가 내려올 때 말이오?

맥베스 부인 네.

맥베스 조용히![28] (두 사람 가만히 귀를 기울인다.)

다음 방[29]에서 자는 자는 누구요?

맥베스 부인 도널베인이에요.

맥베스 이 무슨 꼴이람.[30] (오른손을 내민다.)

---

26 공포와 안도, 남편 맥베스에 대한 신뢰와 불안감이 교차된다.

27 이 또한 부엉이처럼 죽음을 예고하는 불길한 것으로 생각되었다.

28 맥베스는 부인의 질문에 대답하지 않는다. 무슨 소리를 들었다고 생각한 모양이다.

29 맥베스가 있는 다음 방을 가리킬 것이다. 이 방에는 도널베인과 맬컴이 있었으므로, 부인의 '도널베인'이라는 대답은 이상하다. 여기에는 여러 가지 설이 있지만, 부인도 그런 것에는 개의치 않는다는 것일까?

30 검을 들지 않은 오른손을 보면서.

맥베스 부인 어리석은 생각, 무슨 꼴이라뇨?

맥베스 한 자[31]가 잠자면서 웃자, 또 한 자가 '살인이야!' 하면서 소리쳐 둘 다 눈을 떴소. 나는 서서 그자들의 이야기를 들었소. 그러나 두 사람은 기도를 올리고 다시 드러누워 잠들어버렸소.

맥베스 부인 두 사람이 한방에 자고 있었으니까요.[32]

맥베스 한 자가 '신이여 자비를!' 하고 외치자, 또 한 자가 '아멘' 하고[33] 말했소. 이 사형집행인의 손[34]을 보기나 한 것처럼 말이오. 두 사람의 공포에 찬 외침을 듣고도 나는 '아멘' 이라는 말을 할 수가 없었소.[35] 두 사람은 '신이여 자비를' 이라고 말하고 있었는데.

맥베스 부인 그렇게 깊이 생각하지 마세요.

맥베스 그런데 나는 왜 '아멘' 이라는 말을 할 수 없었을까? 나만큼 신의 자비가 필요한 자는 없는데, 그런데도 '아멘' 이 목에 걸려 나오지 않았소.

맥베스 부인 이런 일을 그렇게 생각하시면 안 됩니다. 미쳐버려요.

---

31 두 왕자를 가리키는지 아니면 왕과 한방에 있던 시종을 가리키는지에 대해 여러 가지 설이 있다. 옮긴이는 두 시종이라고 생각한다. 다음 방에 있는 두 왕자의 일과 왕과 한방에 있는 두 시종의 일이 맥베스의 뇌리에서는 항상 교차하고 있는 것으로 생각된다.

32 맥베스 부인은 두 사람이 눈을 떴다 해도 이상할 것이 없다고 설명한다.

33 '신이여……'라는 기도의 말을 들으면 반드시 그에 맞추어 '아멘' 하는 것이 크리스천의 상식이다.

34 맥베스가 한 손에 든 검을 부인은 아직 눈치채지 못하고 있다.

35 앞 페이지 주 참조. 맥베스가 자기 죄를 자각하고 있다.

맥베스 나는 어디선가 '이제 잠을 이룰 수 없다! 맥베스가 잠을 죽였다' 는 소리를 들은 듯하오—그 죄 없는 잠, 걱정이라는 흐트러진 번뇌의 실타래를 곱게 풀어서 짜주는 잠, 그날그날의 생의 적멸(寂滅), 괴로운 노동의 땀을 씻고, 마음의 상처를 낫게 하는 영약, 대자연이 베푸는 제2의 생명, 이 세상 향연의 최대 자양물—.

맥베스 부인 그것이 어떻단 말씀이에요?[36]

맥베스 '이제 잠을 이룰 수 없다!' 는 소리가 온 성안에 울려 퍼지고 있었소. '글래미스가 잠을 죽였다, 그러니 코더는 잠을 이룰 수 없다. 맥베스도 이제 잠을 이룰 수 없다!'

맥베스 부인 대체 누가 그렇게 외쳤단 말씀이에요? 자, 훌륭하신 영주님, 당신은 쓸데없는 생각에 사로잡혀 그 귀하신 힘을 스스로 위축시키고 계십니다. 물을 길어 와서 손의 더러운 증거를 씻어버리세요. 왜 그 단검을 여기까지 갖고 오셨어요? 그 방에 갖다 두어야 합니다. 어서 가지고 가서 잠들어 있는 두 호위에게 피칠을 하고 오세요.

맥베스 이젠 가기 싫소. 내가 한 일을 생각만 해도 소름이 끼쳐요. 그것을 다시는 볼 수 없소.

맥베스 부인 나약한 분! 그 단검을 이리 주세요. 잠들어 있는 사람이나 죽은 사람은 그림이나 다름없어요. 그림 그린 악마를

---

36 현실 세계에만 사는 부인으로선 맥베스의 풍부한 상상력의 세계를 이해할 수 없다. 이 부부는 같은 세계에 사는 듯 보이면서 실은 각기 다른 세계에 사는 것이다.

보고 두려워하는 것은 아이들뿐이에요. 피를 흘리고 있으면 그 피로 호위의 얼굴에 황금[37] 칠을 주겠어요. 그 자들 소행처럼 꾸며야 하니까요. (윗방으로 올라간다. 밖에서 문을 두드리는 소리가 들려온다.)

맥베스 어디서 들리나, 저 소리는? 왜 이럴까, 나는 무슨 소리만 나도 깜짝깜짝 놀라니. 이 손은 무슨 꼴이람? 아! 당장이라도 내 눈알이 튀어나올 것만 같다! 대해의 물을 다 기울여도, 이 피를 깨끗이 지워버릴 수는 없을 것이다. 아니, 망망한 대해에 이 손을 담그면, 오히려 푸른 바다도 핏빛으로 물들리라.[38]

맥베스 부인이 돌아온다. 문을 닫고 다가선다.

맥베스 부인 제 손도 당신과 같이 되었어요. 하지만 마음은 결코 당신처럼 창백해지지[39] 않았어요. (안에서 문 두드리는 소리) 문을 두드리는 소리가 들립니다. 남쪽 입구에서. 방으로 들어가십시다. 물만 조금[40] 가지면 우리가 한 일은

---

37 'guild'(길드 : '금 도금을 하다')와 'guilt'(길트 : '죄')의 언어유희. 진지한 장면에서 언어유희를 하는 것은 좋지 않다는 평도 있지만 당시의 무대에서는 흔한 일로, 이로써 도리어 잔혹한 분위기를 자아낸다.

38 미완의 1행, 이런 포즈를 취하는 동안 맥베스는 줄곧 손을 내려다본다. 이때 검을 두고, 호위 얼굴에 피칠을 하고 온, 시뻘건 손을 한 맥베스 부인이 등장한다.

39 심장, 간장이 창백한 것은 겁쟁이의 표시. 붉은 손과 흰 심장(마음)이 대조된다.

40 하지만 맥베스는 '대해의 물'로도 손의 피를 깨끗이 지울 수 없음을 잘 안다. 맥베스

나약한 분! 그 단검을 이리 주세요.
잠들어 있는 사람이나 죽은 사람은 그림이나 다름없어요.
그림 그린 악마를 보고 두려워하는 것은 아이들뿐이에요.
피를 흘리고 있으면 그 피로 호위의 얼굴에 황금 칠을 주겠어요.
– 2막 2장

깨끗이 지워집니다.

그러면 아무 걱정도 없어요! 당신은 용기를 어디서 잃어버리셨나 봅니다. (문 두드리는 소리) 저 봐요! 또 두드리고 있어요. 어서 그 위에 가운을 걸치세요. 혹시 불려 나가 깨어 있었다는 것을 알리면 곤란합니다. 그렇게 넋을 잃은 표정을 짓지 마시고 기운을 내세요.

맥베스 내가 저지른 일을 생각하느니보다는 차라리 나를 잊어버리는 편이 낫겠소. (문 두드리는 소리, 그 소리로 덩컨을 깨워라! 제발 그렇게 할 수만 있다면! 두 사람 퇴장)

3장 같은 장소

문을 두드리는 소리, 더욱 커진다. 술에 취한 문지기가 내정(內庭)으로 나온다.

문지기 무섭게도 두드린다! 지옥의 문지기라면 열쇠를 돌리기가 바쁘겠다.[41] (두드리는 소리) 탕, 탕, 탕! 지옥의 대장

와 맥베스 부인의 성격 차이가 이 대목에서 선명히 드러난다.

41 전후의 음산한 장면에 끼인 희극적 장면. 하지만 그 배후에는 덩컨 살해라는 무서운 비극이 일어나고 있음을 우리는 안다. 이 우스꽝스런 문지기는 실제로 '지옥의 문지기'인 것이다. 그의 대사(특히 뒷부분)는 맥베스의 비극의 고뇌를 그리고 있어 묘하다. 덩컨의 호위와 마찬가지로 이 문지기도 만취하여 등장한다.

바알세불[42]의 이름으로 묻겠는데, 넌 누구냐? 음, 너는 뜻밖의 풍작으로 곡가가 떨어져 목매달아 죽은 농부[43]로구나. 잘 왔다. 손수건을 넉넉히 준비해두어라. 여긴 지옥이니 실컷 땀을 짜주겠다.[44] (두드리는 소리) 탕, 탕, 탕! 또 다른 지옥 대장[45]의 이름으로 묻겠는데, 대체 너는 누구냐? 옳지, 저울대 양편에 말을 걸어놓고 두 가지 서약을 하는 거짓말쟁이[46]로구나. 신의 이름으로 모반을 일으켰지만 거짓말로는 천국에 갈 수 없었단 말이지. 어, 잘 왔다, 거짓말쟁이. (두드리는 소리) 탕, 탕, 탕! 대체 누구냐? 음 그래, 영국 재단사[47]가 온 모양이군. 프랑스식 즈봉이 유행할 땐 많이도 옷감을 속여먹었지. 잘 왔다 재단사, 여긴 자네 다리미를 달구기엔 안성맞춤

42 지옥의 마왕 사탄 다음가는 악마 대장. 〈마태복음〉 12장 24절에 따르면 지옥의 왕자.

43 당시 사람들에게 심각한 충격을 준 가톨릭교도(제수이트파)의 화약 음모 사건. 이 사건 지도자의 한 사람인 신부 가네트(1606년 5월 3일 처형)는 '농부(Farmer)'라는 익명을 사용했다.

44 지옥의 업화(業火)로.

45 술에 취한 문지기가 이름을 잊은 것일까? 사탄을 가리킨 듯하다.

46 제수이트파 가톨릭교도가 당국의 탄압을 피한 수단. 그들은 신앙을 위해서는 비록 서약을 한 뒤일지라도 일정한 조건 아래 거짓말을 할 수 있다고 생각했다. 예컨대 관헌이 'A는 그 회합에 참가했는가?' 하고 물으면, 실제로 참가했더라도 '아니다'라고 대답할 수 있었다. 또 여기에는 '묻는 용건의 경우에는'이라든지 다른 어떤 조건이 대답하는 사람의 마음속에는 있는 것이다. 신부 가네트는 처형 직전에 이것을 밝혔고, '거짓말쟁이'는 유행어가 되었다. 〈맥베스〉 전편의 비극의 주제 '예쁜 건 추한 것……'도 실은 '거짓말'의 주제라 할 수 있다.

47 당시 영국의 재단사들이 썼던 트릭. 넉넉한 영국식 패턴은 좋았지만 프랑스식 타이트한 양복 바지도 천을 속여 결국 트릭이 드러났다.

일세. (두드리는 소리) 또 탕, 탕, 탕 치는군! 잠시도 조용한 시간이 없구나! 어디 무엇하는 놈이냐? 그런데 여긴 지옥치고는 너무 춥다. 지옥 문지기는 이제 그만둬야겠다. 사바에서 꽃피는[48] 오솔길을 서성대다가 지옥의 업화 속으로 뛰어드는 놈은 무슨 일을 하든 모조리 잡아 두려 했더니. (두드리는 소리) 나가요, 나갑니다! 제발 문지기가 여기 있다는 걸 잊지 마시오.[49] (문을 연다.)

맥더프와 레녹스 등장.

맥더프 간밤엔 꽤 늦게 잠자리에 든 모양이구나. 이렇게 늦도록 자는 걸 보니.

문지기 네, 그렇습니다. 닭이 두 홰[50] 울 때까지 술을 마셨죠. 술이란 놈은 세 가지 자극을 주는 놈이라서요.

맥더프 셋이란 뭐냐?

문지기 그야 물론 코를 빨갛게 하는 것, 졸리는 것, 오줌 마려운 것이지요. 색은 그놈이 자극도 하지만 자극을 지우기도 합니다.[51] 기분만 잔뜩 돋워놓고는 막상 하려면 기

48 이 또한 당시 인구에 회자되던 표현. 지옥행의 필수 조건인 방종한 생활 방식을 말한다.

49 문지기가 들어오는 맥더프, 레녹스에게 팁을 청구하는 말이다.

50 지금의 오전 세 시경.

51 "…… it provokes, and unprovokes" 그가 말하듯이 일종의 '거짓말'이라 할 수 있

또 다른 지옥 대장의 이름으로 묻겠는데, 대체 너는 누구냐?
옳지, 저울대 양편에 말을 걸어놓고 두 가지 서약을 하는 거짓말쟁이로구나.
신의 이름으로 모반을 일으켰지만 거짓말로는 천국에 갈 수 없었단 말이지.
– 2막 3장

운을 쑥 빼버립니다. 그러니 술은 그 방면에 있어선 거짓말쟁이랍니다. 정욕을 일으켜놓고는 힘없이 하고, 응원해주고는 주저앉게 하고, 설득시키고는 낙담케 하고, 시작하게 하고는 꽁무니를 빼는, 결국은 속임수로 잠들게 하여 넘어뜨려놓고는 어디론가 자취를 감추는 놈이지요.

맥더프 자네는 간밤에 그 술에 녹아떨어진 모양이군.

문지기 그렇습니다. 목덜미를 잡혀서요. 하지만 저도 보복을 했습니다. 아마도 제 힘이 강했던지 때로는 다리를 들려서 비틀거리기도 했습니다만 결국 그놈을 해치웠습니다.

맥더프 주인 어른께선 일어나셨나?

맥베스 등장.

우리가 문을 두드려서 깨셨군. 저기 오신다.

레녹스 안녕히 주무셨습니까, 맥베스 영주님.

맥베스 어서 오시오.

맥더프 영주님, 폐하께서도 일어나셨습니까?

맥베스 아직 안 일어나신 듯하오.

맥더프 폐하께서 일찍 깨우라시는 분부가 계셨습니다. 하마터

다. 이하의 술의 '거짓말쟁이'론은 예컨대 1막 7장의 맥베스의 비극적 고민을 그리고 있어 묘하다.

면 늦을 뻔했습니다.

맥베스 안내해드리지요. (일동, 안의 문 쪽으로 간다.)

맥더프 이번 일은, 영주님께서는 기쁜 수고이시긴 합니다만 역시 수고임에는 틀림없습니다.

맥베스 즐거운 수고는 심로(心勞)를 잊게 하지요.[52] 여기가 침소입니다. (문을 가리킨다.)

맥더프 실례지만 깨워드리겠습니다. 그런 분부가 계셨으니까. (문을 열고 안으로 들어간다.)

레녹스 폐하께서는 오늘 떠나십니까?

맥베스 그렇습니다. 그렇게 말씀하셨습니다.

레녹스 간밤은 소란스런 밤이었습니다.[53] 제가 묵은 집에서도 굴뚝이 모두 바람에 쓰러졌습니다. 그리고 소문에는 비통한 소리와 기괴한 죽음의 비명이 하늘을 덮고, 불온한 소동과 온갖 혼란을 새로이 잉태한 시대의 도래를 무서운 어조로 예언했다 합니다. 저 불길한 새도 기나긴 밤을 울어 새었습니다. 대지가 학질에 걸려 몸을 떨었다고[54] 하는 사람도 있습니다.

맥베스 정말 사나운 밤이었습니다.

---

52 새빨간 거짓말을 하고 있다.

53 지상에서 왕이 살해되는 따위의 큰 이변이 일어나면, 자연계와 천상계에도 똑같은 이변이 호응하여 일어난다는 것이 당시의 생각이었다. 하지만 여기서는 악마들이 '번개, 천둥, 비'(1막 1장)를 일으켜 그 속에서 대활약을 하기 때문인지도 모른다.

54 지진을 말한다.

레녹스 나이 어린 저의 기억으로는, 그처럼 무서운 밤은 없었습니다.

맥더프가 황급히 돌아온다.

맥더프 아, 무서운 일이다! 무서운 일이다! 무서운 일이다! 입으로도 마음으로도, 생각할 수도 말할 수도 없는 일이다![55]

맥베스, 레녹스 대체 무슨 일입니까?

맥더프 파괴의 촉수가 마침내 무상의 보물을! 극악무도한 살육이 신성한 신의 전당을 깨뜨리고 그 목숨을 앗아갔습니다![56]

맥베스 무슨 소리요? 목숨을?[57]

레녹스 설마, 폐하의 말씀을?[58]

맥더프 침소로 가보시오, 눈이 멀어 돌이 될 것이오. 처음으로 고르곤[59] 여신을 본 사람처럼. 제게 말을 시키지 마시오. 그 눈으로 직접 보고 마음대로 말씀하시오. (맥베스와 레

---

55 짧은 미완의 1행. 맥더프는 너무나 두려워 바로 말을 잇지 못하며, 공포의 서스펜스가 드러나는 포즈를 한다.

56 왕권신수설적인 생각이며 관객석에 당시의 왕 제임스 1세가 있었다면 아주 기뻐했을 대사일 것이다.

57, 58 맥더프의 미완의 반 행 대사를 맥베스와 레녹스가 반 행씩 보완하고 있다. 실제 무대에서는 맥베스와 레녹스가 동시에 각기 대사를 말한다.

59 그리스 신화에 나오는 무서운 여신. 그것을 본 사람은 돌로 변한다.

녹스, 급히 들어간다.)

일어나라! 모두 일어나라! 경종을 울려라! 시역이다, 모반이다! 뱅코, 도널베인! 맬컴, 일어나시오. 솜털처럼 부드러운 잠, 죽음[60]의 가면을 털어버리고 진짜 죽음을 똑바로 보시오! 일어나시오.[61] 일어나 잘 보시오, 최후 심판의 이 광경을! 맬컴! 뱅코! 무덤에서 일어나 방황하는 망령처럼 걸어오시오. 그편이 이 무서운 광경에 어울릴 것이오! (경종이 울린다.)

맥베스 부인 등장.

맥베스 부인 대체 무슨 일인가요? 그렇게 요란한 나팔 소리[62]로 온 성안의 잠자는 사람들을 불러내려는 것은? 말씀하세요, 어서 말씀하세요!

맥더프 오, 부인, 제가 말씀드릴 수는 있어도, 부인에게 차마 들려드릴 수 없습니다. 부인이 그 말을 듣기만 해도 그대로 기절하실 것입니다. (뱅코가 옷을 입으면서 나온다.) 뱅코! 폐하께서 시역을 당하셨습니다!

---

60 잠을 가짜 '죽음'으로 생각하는 것은 엘리자베스 왕조 문학에서 흔히 볼 수 있다.

61 이 세상의 종말, 곧 최후 심판의 날에 모든 사자(死者)는 수의를 입고 무덤에서 일어나 최후의 심판정(審判廷)에 서야 한다.

62 종소리인데도 이 소리를 듣는 맥베스 부인에게는 그것이 최후의 심판일에 부는 나팔 소리로 들린다.

맥베스 부인 뭐라고요! 그것도 이 성안에서?[63]

뱅코 어디서건 잔학하기 이를 데 없는 소행이오. 맥더프, 제발 거짓말이라고 말해주오. 그런 일은 없었다고.

맥베스와 레녹스가 돌아온다.

맥베스 내가 한 시간[64] 전에만 죽었다면 나의 일생은 축복받은 것이었을 텐데. 이 순간부터 이 세상에는 중대한 일이라곤 하나도 없어져버렸다. 있는 것이라곤 보잘것없는 것뿐, 영예도 덕도 생명을 잃었다. 인생의 술은 죄 말라버리고 이 창고에 남은 것은 단지 술지게미뿐이다.

맬컴과 도널베인이 오른쪽 문으로 급히 나온다.

도널베인 무슨 일이 일어났습니까?

맥베스 전하의 일인데 모르십니까? 전하의 혈통의 샘, 원천이 끊어져버렸습니다—그 근원이 끊어졌습니다.

---

63 엉겁결에 '이 성안에서'라고 가명(家名), 즉 자기의 일, 주인의 일을 입 밖에 내는 부인을 사랑스럽게 볼 수 있을까? 증오해야 할까? 또 '어디서건'이라는 뱅코의 말은 부인을 꾸짖는 것일까? 아니면 단순한 비탄의 소리일까?

64 이하 맥베스의 대사는 물론 허위며 기만이다. 하지만 문제는 여기에 토로하는 감정이 맥베스 자신의 진실한 모습이라고도 할 수 있는 것이다. 이 지점에 그의 비극의 핵심이 있다. 그리고 이 비극적 대사, 감정은 이윽고 그대로 사실이 되어 나타난다(5막 3장, 5막 5장 참조). 〈맥베스〉 전편의 주제, 그 비극적 아이러니는 이 근처에서 최고조에 달하려 하고 있다.

맥더프 부군 폐하께서 시역당하셨습니다.

맬컴 아니! 누구에게?

레녹스 침소에 시중든 자의 소행으로밖에는 생각되지 않습니다. 둘 다 손과 얼굴이 피투성이가 되어 있습니다. 그자들의 단검도 피가 묻은 채 베개에 놓여 있었습니다. 그 자들은 허공을 물끄러미 바라보며[65] 넋 잃은 사람 같았습니다. 도저히 사람의 목숨을 맡길 만한 자들이 아니라고 생각되었습니다.

맥베스 아, 분한 나머지 내가 그자들을 죽여버린 것이 후회됩니다.

맥더프 왜 죽이셨습니까?

맥베스 대체 누가 침착하면서도 동시에 당황하고 충성스러우면서도 냉담할 수 있겠습니까? 누가 그럴 수 있겠습니까? 폐하에 대한 나의 열렬한 사랑이 제어하려는 이성을 뛰어넘은 것입니다. 이쪽에는 덩컨 왕이 누워 계시고, 그 은빛 피부에는 황금빛 피가 흘러내리고,[66] 깊은 상처는 파괴의 무참한 난입을 막기 위해 살에 새겨진 파열구 같았습니다.[67] 그리고 저쪽에는 하수인들이 그자들의 직업

---

65 독약의 효과.

66 비록 성자가 된 덩컨의 피가 황금이라 하더라도, 이것은 무리한 수사(修辭)다. 하지만 동시에 이것은 맥베스의 진실한 감정을 토로한 것이기도 하다. 그 비극의 중심에 있는 맥베스로서 달리 어떤 표현을 할 수 있을까?

67 포위된 성(城)의 이미지. 무리한 수사가 연속된다.

인 주홍으로 물들고, 단검에도 핏덩이가 엉겨 있었습니다. 그걸 보고 누가 그냥 참고 있을 수 있겠습니까.

폐하를 사랑하는 마음을 갖고, 그 마음에 사랑을 나타낼 용기를 가진 자라면.

맥베스 부인 (실신할 듯 쓰러지며) 아, 누가 나를 좀 데려가주오, 빨리![68] (맥베스, 부인 곁으로 간다.)

맥더프 빨리, 부인을 보아드리세요.

맬컴 (도널베인에게 방백) 왜 우리는 가만히 있을까? 누구보다도 할 말이 많을 텐데.

도널베인 (맬컴에게 방백) 무슨 말을 할 수 있겠어요? 여기선 어떤 운명이 송곳 끝 같은 구멍에 숨어 있다가,[69] 언제 우리에게 달려들지 알 수 없습니다. 도망칩시다. 눈물을 흘릴 경황도 없어요.

맬컴 (도널베인에게 방백) 너무 비통하여 눈물도 나오지 않는구나.[70] (시녀들이 들어온다.)

뱅코 부인을 돌봐드려라……. (시녀들, 그 말에 부인을 데리고 나간다.)

자, 모두 벌거숭이나 다름없이[71] 밤바람에 떠는 몸에[72]

---

68 여기서 기절하고 도움을 청하는 부인의 행동을 진짜로 보는 비평가도 많지만, 부인의 연극으로 보는 사람도 있다. 진짜라고 한다면, 맥베스가 그녀의 계획과 달리 두 사람을 죽였기 때문에 절망한 것으로 생각된다.

69 마녀는 송곳 끝 같은 구멍으로도 자유자재로 드나들 수 있다고 생각되었다.

70 맥베스나 맥베스 부인의 억지 눈물과는 대조적이다.

옷을 갈아입은 다음에 다시 모여 이 잔학무도한 소행을 조사하기로 합시다. 공포와 의혹이 우리를 몸서리치게 하지만, 모든 것을 하나님의 위대하신 섭리에 맡기고 이 대역 행위의 뒤에 숨은 음모[73]에 대항하여 나는 싸울 작정이오.

맥더프 저도 그러겠습니다.

일동 모두 그럽시다.

맥베스 자, 빨리 의장을 갖추어 광장으로 모입시다.

일동 그렇게 합시다.

맬컴과 도널베인을 남기고 일동 퇴장.

맬컴 어떻게 하겠니? 그들과 행동을 같이할 수는 없다. 마음에도 없는 슬픔을 보이는 것은, 사심(邪心)을 가진 자에겐 쉬운 일이다. 나는 영국으로 도망칠 생각이다만.

도널베인 그럼 나는 아일랜드로 도망치겠어요. 서로 헤어져 다른 운명을 걷는 편이 안전할 것 같습니다. 여기선 사람들 웃음의 그늘에 단검이 숨겨져 있습니다. 피가 아까운 자

---

71 당시엔 나체로 자는 습관이 있었기에 뱅코를 비롯해 거의 모두가 벌거숭이에 가까운 모습으로 등장한 것이다.

72 앞에서 문지기의 대사('지옥치고는 너무 춥구나')에 있었던 것처럼 이 장소는 추운 곳이다.

73 아마도 뱅코는 맥베스가 맬컴이나 도널베인을 죽일 것을 두려워하는 듯하다.

일수록 피비린내 나는 짓을 할 위험성이 더 많습니다.

맬컴 이 살육의 화살은 활시위를 떠나 아직 하늘을 날고 있으니, 몸을 지키려면 무엇보다도 과녁을 벗어나야 한다.
자, 어서 말에 오르자. 거추장스런 작별 인사 같은 건 그만두고 몰래 탈출하자. 누구의 힘도 될 수 없다면, 스스로 자신의 목숨을 훔쳐가는 일도 허용될 것이다.

두 사람 퇴장.

4장 맥베스의 성 앞

몹시 음산한 날.
로스와 한 노인 등장.

노인 나는 60년에 10년을 더한 내 평생 동안에 일어난 일을 무엇이나 잘 기억하고 있습니다.
그 오랜 세월에 무서운 일도 많았고, 괴상한 일도 수없이 겪었습니다. 하지만 간밤의 무서움에 비하면 그것들은 아무것도 아닙니다.

로스 (하늘을 쳐다보며) 아, 할아버지, 저 하늘을 보세요. 하늘도 인간의 소행에 가슴 아픈 듯, 이 피비린내 나는 무대

를 내려다보며 저렇게 얼굴을 찌푸리고 있습니다.[74]

시계를 보면 낮인데도 어두운 밤이 태양의 움직임을 위협하려 합니다. 밤의 힘이 우세한 탓인지, 아니면 낮이 부끄러워[75] 얼굴을 돌린 것인지, 암흑이 대지 표면을 덮어 목숨의 근원인 생생한 햇빛을 가리고 있습니다.

노인 참으로 해괴한 일입니다. 간밤에 일어난 사건하며, 지난 화요일에는 매 한 마리가 자랑스레 하늘 높이 솟아올랐을 때, 별안간 땅속의 쥐를 먹고 사는 부엉이가 달려들어 죽여버렸습니다.

로스 그러고 보면 덩컨 왕의 말이—참으로 해괴하지만 사실 있던 일—귀염을 받던 훌륭한 준마들이었는데, 별안간 사나워져서 마구간을 부수고 뛰쳐나와 붙들려는 사람에게 싸움을 걸듯이 달려들었습니다.

노인 말끼리 서로 물어뜯었다지요.

로스 그래요, 저도 보고 사실 놀랐습니다.

---

74 일식에 따른 부자연스런 어둠을 말한다. 당시의 일식으로 주목할 만한 것은 1605년 10월 5일의 것이다. 당시 천체의 이변은 지상계의 이변에 호응하는 것이라 생각되었다. 그리스도 처형일에는 지진과 일식이 일어났다. 덩컨 왕 살해라는 이 에피소드의 경우도 그렇다. 천지(天地)를 무대의 비유로 나타내는 것은 당시 흔한 일이었다. 무대 위 천장 부분을 '천개(天蓋)'라 하고, 지상의 인간계를 무대에 비유했다. 당시의 무대 위 천장에는 통상 12궁의 천체 등이 페인트로 그려져 있었는데, 비극 상연시에는 그 위에 검은 벽지를 붙여 암울한 분위기를 더했다.

75 이러한 행위를 보기 부끄러워하여.

맥더프가 성에서 나온다.

맥더프께서 오시는군. 그 뒤 상황은 어찌 되었습니까?

맥더프 (하늘을 가리키며) 아, 그걸 모르세요?

로스 그 극악무도한 죄를 범한 장본인이 누군지 판명되었습니까?

맥더프 맥베스가 죽인 두 놈이지요.

로스 저런! 대체 무엇 때문에 그런 짓을 했을까요?

맥더프 매수당한 짓이에요. 맬컴과 도널베인, 두 왕자가 몰래 도망쳤지요, 그래서 혐의는 두 분에게 돌아가고 있어요.

로스 그것 역시 해괴한 일이군요! 무익한 야심이오, 스스로의[76] 목숨이 근원을 잘라버리다니! 그러면 틀림없이 왕위는 맥베스 장군께 돌아가겠군요.

맥더프 이미 지명을 받으시고, 대관식을 올리러 스쿤[77]으로 떠나셨습니다.

로스 덩컨 왕의 유해는 어디로 모셨습니까?

맥더프 선조 대대의 신성한 묘소이며 역대 제왕의 유해를 모신 콤킬[78]로 운구되셨습니다.

---

76 부친 덩컨을 가리킴. 2막 3장 참조.

77 현재의 스코틀랜드, 퍼스(perth)시 북쪽 약 3킬로미터에 있던 고도(古都). 예부터 스코틀랜드 국왕의 성이 있던 곳으로, 즉위식이 행해졌다.

78 지금의 아이오나(Iona) 섬(스코틀랜드 서해안). 기원전 563년, 아일랜드의 목사 성(聖) 콜럼바(Columba)가 이곳에 수도원을 세우고 스코틀랜드에 포교했다. 그 후, 성지(聖

로스 지금 스쿤으로 가시겠습니까?

맥더프 아닙니다. 저는 파이프[79]로 가겠습니다.

로스 그렇습니까. 저는 하여간 스쿤으로 가보겠습니다.

맥더프 만사가 뜻대로 되기를 바랍니다.[80] 그럼 다시 만납시다! 새 옷이 낡은 옷보다 입기 불편하다면 큰일이오!

로스 할아버지, 안녕히 가십시오.

노인 두 분에게 하나님의 축복이 있기를 빕니다! 그리고 악도 선으로 만들며,[81] 원수도 친구로 삼는 분들에게도 축복이 있기를!

일동 퇴장.

地)로 생각되고, 뒤에 스코틀랜드 국왕의 왕실 묘지가 되었다. 미완의 반 행으로 맥더프는 말수가 적고 위엄 있게 말한다.

79 1막 2장 참조. 맥더프는 파이프의 영주.

80 맥더프는 다분히 비웃는 어조로 말하고 있다.

81 1막 1장의 마녀들의 모토 같은 표현인데, 로스의 기회주의적 태도를 비웃은 것인지 아니면 말 그대로 로스를 그처럼 훌륭한 인간으로 생각하는 것인지 의아하다. 그리고 나락의 심연에 처해 있으면서 천국의 별을 올려다보려는 이 노인은 어떤 사람인지 궁금증을 유발한다.

3막

1장 포레스, 궁중 앞 현실

몇 주 후. 뱅코 등장.

뱅코 드디어 손에 넣었구나. 왕위와 코더와 글래미스 모두. 그 마녀들이 약속한 대로, 더욱이 아마도 가장 간악한 수단으로 말이다. 하지만 당신 자손에게는 아무것도 전해지지 않는 대신, 나 자신이 대대로 왕의 근원이 되며 조상이 된다고 했다. 그것들의 말이 진실이라면—맥베스, 당신에게 그것들의 말이 빛을 발했듯—그렇다면, 당신의 경우 그것이 실현된 것을 보면, 내가 받은 신탁 역시 희망을 가질 수 있을 것 아닌가? 쉬, 입을 다물자.

소네트 조 나팔 소리.[1]

왕위에 오른 맥베스, 왕비 맥베스 부인, 레녹스, 로스, 귀족들, 그 부인들과 시종들 등장.

맥베스 오늘 밤의 주빈(主賓)이 여기 있었군.

맥베스 부인 이분이 안 보이면 이 대연회도 구멍이 뚫려 모든 것을

1 팡파르와 다른 나팔 취주로, 국왕 알현이나 행진 등 공적 의식 때 취주된다. 국왕 맥베스와 왕비 맥베스 부인의 등장.

망칠 뻔했습니다.

맥베스 오늘 밤에는 공식 만찬회를 베풀려 하니 꼭 출석해주기 바라오.

뱅코 폐하께서는 다만, 분부를 내리시면 되옵니다. 신의 의무는 그에 대하여 결코 끊어지지 않는 실[2]로 항상 결부되어 있습니다.

맥베스 오늘 오후에 말을 타고 어딜 가오?[3]

뱅코 그럴 생각이옵니다.

맥베스 그렇잖으면 오늘 회의에서 장군의 신중하고 유익한 의견을 들으려 했는데, 하지만 내일도 좋소. 오늘은 멀리 가오?

뱅코 지금 곧 떠나 만찬 때까지는 돌아올 생각이옵니다. 말이 잘 달리지 않으면 어두워서 한두 시간 더 걸려야 할 것 같습니다.

맥베스 아무튼 연회는 잊지 마오.

뱅코 절대로 잊지 않겠사옵니다,[4] 폐하.

맥베스 듣건대, 피에 굶주린 두 왕자는 각기 영국과 아일랜드로 도망쳤다 하오. 그리고 그들은 부모를 죽인 잔학한 행위를 자백하기는커녕 기괴한 소문을 유포하고 있다 하오.

---

2 맥베스와 뱅코 두 사람만의 비밀 말인 듯하다.

3 뱅코의 승마화를 보고하는 말.

4 사실 그는 잊지 않았다! 3막 4장 참조.

그러나 그것은 내일로 미룹시다. 그 밖에도 여러 가지 힘을 빌려야 할 긴급한 일들이 기다리고 있소. 어서 말을 타오. 밤에 다시 돌아올 때까지. 플리언스도 동행하오?

뱅코 네, 그럴 작정이옵니다. 그럼 시간이 없어 이만 물러가겠사옵니다.

맥베스 말이 잘 달리길 바라오. 그러면 말을 타시오. 기다리겠소. (뱅코 퇴장)

이제부터 밤 일곱 시까지는 각자 시간을 자유로이 보내도록 하오, 손들을 한층 유쾌히 맞기 위하여, 나도 만찬 때까지 혼자 있겠소. 자, 그때까지 편히들 쉬오! (맥베스와 시종 한 사람만 남는다.) 여봐라, 그들은 대기하고 있느냐?

시종 네, 폐하, 문밖에 대기시켜 놓았습니다.

맥베스 이리로 데려오너라. (시종 퇴장) 이러고만 있어서는 소용없는 일이다.[5] 그것이 안전한 것이 아니라면—뱅코에 대한 나의 공포는 뿌리 깊은 것이다. 저 고귀한 성격[6] 속에 공포를 품게 만드는 것이 도사리고 있다. 감연히

---

5 국왕이 되어도 지위가 편안하지 않으면 소용없다는 의미. 원문 "To be thus is nothing"은 1막 3장과 유사하다. 이 비극의 기본적 패턴을 상징하는 것이라고 할 수 있다. 〈햄릿〉의 비극과의 근본적 상이점에 대해서는 '작품해설' 참조.

6 제임스 왕의 선조에 대한 찬사.

폐하께서는 다만, 분부를 내리시면 되옵니다.
신의 의무는 그에 대하여 결코 끊어지지 않는 실로 항상 결부되어 있습니다.
- 3막 1장

일을 실행할 기개도 있다. 그리고 그 두려움을 모르는 기질에 더하여 자기 용기를 안전하게 행동에 옮기는 분별이 있다. 오직 그뿐이다. 그 존재를 내가 두려워하는 것은. 그의 앞에서는 내 수호신도 힘을 잃는다.[7] 그는 마치 시저 앞에 나선 마크 안토니오[8]처럼 마녀들에게 호통을 쳤다. 마녀들이 먼저 나를 왕이라고 불렀을 때, 자기에게도 말을 하라고 명령했다. 그러자 그것들은 예언자연하여 당신은 역대 제왕의 조상이 된다고 축복의 말을 던졌다. 내게는 머리에 열매 없는 왕관을 씌우고 손에는 불모(不毛)의 왕홀을 쥐어줬지만, 내 자식이 뒤를 잇지 못하고 그것을 핏줄도 아닌 자에게 빼앗길 뿐이다. 그렇다면 나는 뱅코의 자손을 위하여 나의 마음을 더럽히고, 그들을 위하여 고결한 덩컨을 죽인 셈이 된다. 나의 평화로운 마음의 술잔에 적의(敵意)의 시를 던진 것도 단지 그들 때문이었단 말인가, 무엇과도 바꿀 수 없는 이 마음을 인간의 적의 수중에 팔아넘긴 것도 그들을 왕으로 만들기 위해, 뱅코의 자손을 왕위에 앉히기 위한

---

7 맥베스는 뱅코에게 열등감이 있다.

8 셰익스피어는 노스가 번역한 플루타르코스의 《영웅전》에 의거하고 있다. 플루타르코스에 따르면 이집트의 예언자가 안토니오에게 로마에서 시저 가까이에 머물지 말라고 경고했다. 안토니오의 수호신이 시저의 그것을 두려워한다는 것이다. 여기서 맥베스와 안토니오의 비교는 좀 당돌하다는 느낌도 들지만, 이때 셰익스피어가 다음 작품 〈안토니오와 클레오파트라〉를 준비하고 있었음을 생각한다면 쉽게 이해된다.

짓이었단 말이지! 이왕 그렇다면 운명[9]이여, 맞서주겠다, 최후까지 사생결단을 하자! 게 누구냐?

시종, 두 암살자[10]를 데리고 돌아온다.

문밖에서 내가 부를 때까지 기다리고 있어라. (시종 퇴장) 우리 셋이서 이야기한 것은 바로 어제였지?

암살자 1 그러하옵니다, 폐하.

맥베스 그래 어떤가,[11] 내가 한 말을 생각해보았나? 잘 알았겠지, 지금까지 너희를 불행하게 만든 것은, 너희가 오해하고 있었듯이 아무 죄도 없는 내가 아니고, 그자야. 이것은 어젯밤 내가 설명하여 충분히 납득이 되었을 테지. 일일이 증거를 들어 어떻게 속았는가, 어떻게 학대를 받았는가, 앞잡이는 누구며 그것을 또 누가 써먹었는가, 그 밖에 모든 것을 들은 이상, 아무리 모자라는 사람이라도, 아니 미친 사람이라 하더라도, '과연 뱅코의 소행' 이라고 외치지 않을 수 없을 게다.

암살자 1 둘 다 잘 알아듣도록 말씀해주셨습니다.

---

9 '운명'의 여신을 뜻하는 말인지 아니면 당시 흔히 사용되었듯이 '파멸', '죽음'의 별명으로 사용되었는지 생각해볼 여지가 있다.

10 뱅코를 살해하라는 명령을 받는 두 병사.

11 짧은 1행—포즈—맥베스가 두 암살자의 주의를 끌려 한다.

맥베스 그럴 테지. 그리고 다음 얘기가 있었지, 그것이 오늘 다시, 이야기하려는 점이다. 너희는 무척 참을성이 많은 성격이라 이대로 봐넘겨도 좋다고 생각하나? 무척 신앙심이 두터워 그 선량한[12] 사나이와 그 자손들을 위하여 기도해[13]줘도 좋다고 생각하나? 그자의 손으로 무자비하게 무덤에 처박힐 뻔한 시름을 맛보고 처자를 노변에 방황시킨 쓰라림을 겪었는데도.

암살자 1 저희도 사나이입니다, 폐하.

맥베스 그렇군, 목록상으로는 인간에 속하겠지. 개에게도 여러 가지가 있다. 사냥개, 그레이하운드, 잡종, 스패니얼, 들개, 삽살개, 털이 거친 하천용 사냥개, 늑대와 개의 교배종, 어느 것이나 모두 개라는 이름으로 불리고 있다. 하지만 가격표에는 구별을 붙여 빠른 것, 느린 것, 민감한 것, 집 지키는 개, 사냥개 등 제각기 풍부한 자연이 마련해준 능력이 기입되어 있으므로, 똑같이 적혀 있는 목록만으로는 알 수 없는 각기 독자적인 명칭이 있다. 그리고 인간도 마찬가지다. 자, 너희도 인간의 가격표에 올라 있는 이상, 그 최하등급에 겨우 속한다면 모르거니와 그렇지 않다면, 너희에게 내밀한 일을 부탁하

12 물론 풍자지만, 그것만이 아니라 사실 맥베스는 뱅코의 선량함을 인정하고 있다.
13 '너를 모함하고 너를 박해하는 자를 위해 기도하라'—〈마태복음〉 5장 14절(셰익스피어가 사용한 것으로 보이는 '주네브 성서'에서).

너희에게 내밀한 일을 부탁하려 한다.
그 일을 수행하기만 하면 너희 적도 훌륭히 제거할 수 있을 것이며,
나의 총애도 얻을 수 있을 것이다.
- 3막 1장

려 한다. 그 일을 수행하기만 하면 너희 적도 훌륭히 제거할 수 있을 것이며, 나의 총애도 얻을 수 있을 것이다. 나도 그자가 살아 있는 이상은 병든 사람이나 다름없으나, 그자가 죽으면 생기를 되찾는 것이다.

암살자 2 폐하, 소인은 세상 사람들의 학대와 천대 속에 살아왔사옵고, 분통이 터질 지경이어서, 세상에 대한 보복이라면 무슨 짓이든 하겠사옵니다.

암살자 1 소인도 재난에 시달리고 운명에 농락당하여 기사회생의 묘수만 있다면 목숨을 걸고 무슨 일이든 해볼 생각이옵니다.

맥베스 둘 다 알고 있겠지, 너희의 원수가 뱅코라는 것을.

두 암살자 네, 알고 있습니다.

맥베스 그는 내 원수기도 하다. 몹시 가까운 위험한 거리[14]에 있기 때문에 그자가 살아 있는 동안은 나는 언제 급소를 찔릴지 알 수 없다. 물론 나로서도 그자를 공공연히 시계(視界) 밖으로 몰아내고, 그에 어떤 명분을 붙일 수 없는 바는 아니지만, 그렇게 할 수 없는 것은 그자와 내게 공통된 친구들이 있어 그들의 우정을 잃고 싶지 않기 때문이다. 나는 내 손으로 그자를 해치우고 슬퍼해 보이지 않으면 안 되는 것이다. 그래서 나는 너희의 힘을 빌려

14 펜싱의 이미지를 떠올리게 한다. 병사나 암살자에게 어울리는 비유라 할 수 있다.

세상의 눈을 가리려고 한다. 여러 가지 중대한 이유도 있고.

암살자 2 폐하, 소인들은 반드시 명령대로 수행하겠습니다.

암살자 1 비록 목숨을…….

맥베스 너희의 본심을 알았다.[15] 늦어도 한 시간 이내에 매복할 장소와 결행할 정확한 시간을 알려주겠다. 오늘 밤 중에, 그것도 이 궁전에서 멀지 않은 곳에서 해치워야 한다. 항상 명심해야 할 것은 내가 혐의를 받게 해서는 안 된다는 것이다. 그리고 그자와 함께—일을 깨끗이 처리하기 위해—그자의 아들 플리언스가 동행할 것이니 그것을 없애는 것도 아비와 마찬가지로 내게는 중요한 일이다. 그놈도 어두운 운명의 동반자가 되게 하여라. 나가서 확실히 결심하라. 곧 다시 만나자.

두 암살자 폐하, 소인들은 이미 결심을 하고 있습니다.

맥베스 곧 부르겠다. 다른 방에서 기다려라. (암살자들 퇴장)
자, 결정되었다. 뱅코, 네 혼도 이것으로 마지막이다. 천국으로 가는 길을 원한다면 아무래도 오늘 밤 안에 찾아봐야 할 것이다. (다른 문으로 퇴장)

---

15 맥베스는 두 암살자의 각오를 알고 말을 가로챈다.

2장 같은 장소

맥베스 부인, 시종 한 사람을 데리고 등장.

맥베스 부인 뱅코는 궁정에서 나갔나?

시종 네, 나가셨습니다. 그러하오나 밤에는 다시 돌아오십니다.

맥베스 부인 폐하께 시간 있으면 만나 뵙고 두서너 가지 말씀드릴 게 있다고 아뢰어라.

시종 네, 알았습니다.[16] (퇴장)

맥베스 부인 아무 소용이 없다. 모든 것은 헛일이다. 소망을 이루어도 만족을 얻을 수 없다면 차라리 죽음을 당하는 편이 훨씬 편한 것이다. 죽여놓고 마음에도 없는 기쁨을 맛보기보다는.

맥베스, 생각에 잠기면서 등장.

여보, 웬일이오! 왜 혼자서 항상 쓸데없는 망상에만 사로잡혀 계십니까. 그런 생각은 생각했던 상대와 더불어

---

16 반 행. 시종은 퇴장하고 그 뒤 부인은 생각에 잠기는 동작을 보인다.

깨끗이 죽여버렸을 텐데요? 어찌할 수 없는 일은 잊을 수밖에 없지 않아요? 지나간 일은 지나간 일이에요.

맥베스 우리는 뱀을 쳤지만 죽이지는 않았소. 상처가 아물면 고통만 주었을 뿐, 언제 그 독아에 물릴지 알 수 없소. 차라리 세상의 질서가 깨어져 하늘도 땅도 멸망해다오, 마음 편히 하루 세 끼 식사마저 들 수 없고, 잠들면 무서운 악몽[17]에 시달려 밤마다 고통받아야 할 정도라면. 죽은 그자와 같이 된 편이 훨씬 나을 것이오. 우리가 편안히 잠들기 위하여 편안히 잠들게 해준 것인데, 그런데 마음의 고문대(拷問臺)에 올라 이런 미치광이 같은 불안에 떨고 있어야만 하오? 덩컨은 지금 무덤 속에 있소. 살아가는 불안의 발작에서 벗어나 조용히 잠들어 있소. 반역의 폭풍도 고개를 넘고, 검도 독살도, 내우[18]도 외환(外患)[19]도, 이제 어떠한 것도 그자에게 근접할 수 없소.

맥베스 부인 자, 가십시다. 그런 험악한 얼굴을 마시고 손님들을 밝고 명랑하게 대하십시오.

맥베스 그럽시다. 당신도 그렇게 하오. 뱅코에게는 특히 주의하여 눈으로나 말로나 경의를 표해야 하오. 당분간은 안심이 안 되오. 나도 국왕의 명예를 보전하기 위해서는

---

17 그가 뱅코에게 살해되는 꿈일까? 자신이 뱅코를 죽이는 꿈일까? 아니면 꿈속의 상대가 덩컨일까?

18 뱅코, 맥더프 등 때문에 생기는 문제들.

아침의 흐름 속에 몸을 적시고 마음속이 보이지 않도록, 얼굴을 가면으로 바꿔야 하는 것이오.[20]

맥베스 부인 이제 그만하세요.

맥베스 아, 내 마음속에 전갈이 가득 차 있소! 뱅코와 플리언스는 아직 살아 있단 말이오.

맥베스 부인 그러나 그들의 목숨도 자연에서 빌려온 것[21]—한도가 있을 것이 아닙니까?

맥베스 그 점에 한 오라기 희망이 있소. 그들도 불사신이 아니니, 당신은 유쾌한 마음을 가져요.[22] 박쥐가 승원(僧院) 안을 날아다니기 전에, 마녀 헤카테의 유혹을 받아 딱정벌레가 딱딱한 깃 소리를 내며 잠을 유혹하는 야음(夜陰)의 종을 울리기 전에, 무슨 일이 일어날 거요. 중대한 무서운 일이.

맥베스 부인 무슨 일이 일어나요?[23]

맥베스 모르는 편이 좋소. 귀여운 당신,[24] 자, 성사가 되거든 칭찬해주오……. 빨리 와라, 눈을 덮는 밤의 어둠이여, 정에 약한 한낮의 눈을 덮어다오. 그리고 그 피투성이 눈

---

19 맬컴은 영국으로, 도널베인은 아일랜드로 도망쳤다.

20 비밀을 쥐고 있는 뱅코의 비위를 맞추며 살아가야 한다. 맥베스는 내뱉는 듯한 어조로 말한다.

21 인간의 목숨은 '자연'에서 잠시 빌려온 것이라는 당시의 사고방식을 드러낸다.

22 두 사람의 침울한 기분에 어울리지 않는 무리한 표현이다.

23 맥베스는 지도권을 아내에게 완전히 물려줬다. 1막 5장 참조.

24 주위의 분위기와 그로테스크한 대조를 이룬다.

에 보이지 않는 손으로, 나를 위협하는 그자 목숨의 증서를 갈기갈기 찢어버려다오! 황혼이 왔다. 까마귀가 안개 자욱한 숲속으로 날아간다. 대낮의 착한 무리가 머리를 숙여 잠들기 시작하고, 밤의 검은 앞잡이들이 먹이를 찾아 꿈틀거린다. 당신은 내 말에 놀라고 있군요. 하지만 안심하오. 일단 악업으로 시작한 일은 악한 일로 지탱해갈 수밖에 없소.[25] 자, 그러니 함께 손을 잡고 갑시다.

두 사람 퇴장.

3장 궁중에서 조금 떨어진 곳

숲속 가파른 장소로, 궁전 정원 문으로 통한다.

세 암살자가 올라온다.

암살자 1 그런데 누가 우리에게 가담하라고 했소?

암살자 2 맥베스 왕께서.[26]

25 격언적인 표현.

26 암살자 3은 맥베스 자신이라는 의견도 있지만, 일반적으로 두 암살자를 감시하기 위해 맥베스가 고용한 암살자라고 여겨진다. 암살자 1이 리더 격이다.

암살자 3 이분을 의심할 건 없을 것 같네. 말을 들어보니 우리의 역할도, 일도 우리가 지시받은 대로 자세히 알고 있네.

암살자 1 그럼 거들어주게. 서쪽 하늘에는 아직 석양빛이 남아 있어 저문 길 나그네가 빨리 여인숙을 잡으려고 말을 재촉할 시각이야. 우리가 기다리는 먹이도 점점 다가오고 있다.

암살자 2 쉿! 말발굽 소리가 난다.

뱅코 (멀리서) 얘, 횃불을 다오![27]

암살자 2 역시 그자다. 초대를 받은 손님들은 모두 궁전에 모여 있다.

암살자 1 말이 길을 돌아오는 모양이다.

암살자 3 그래, 1마일쯤. 그러나 그자는 항상—모두 그렇지만—여기서 궁전 문까지 걸어가지.

이윽고 뱅코와 횃불을 든 플리언스가 언덕길을 올라온다.

암살자 2 횃불이 보인다, 횃불!

암살자 3 그자다.

암살자 1 준비해라.

뱅코 오늘 밤엔 비가 올 모양이다.

---

27 여기서 약 1마일가량 길은 원형으로 궁전 문까지 이어지는데, 다음 암살자 3의 대사처럼 뱅코는 이곳에서 말에서 내려 횃불을 들고 가까운 길을 걸어가는 것이다.

암살자 1 퍼부어라.[28]

암살자 1이 횃불을 땅바닥에 내동댕이치고, 다른 두 사람이 뱅코에게 달려든다.

뱅코 아, 살인이다! 플리언스야 달아나라, 빨리 달아나라, 빨리! 원수를 갚아다오. 음, 이놈! (죽는다. 플리언스는 달아난다.)

암살자 3 누가 횃불을 껐나?

암살자 1 잘못했나?

암살자 3 한 놈밖에 못했다. 아들놈은 달아났다.

암살자 2 중요한 절반을 놓쳐버렸구나.

암살자 1 아무튼 가서 결과를 보고해야지. (일동 퇴장)

4장 궁정 안의 홀

정면이 한 단 높게 돼 있고, 그 좌우에 문이 있다. 단 위에는 옥좌가 둘. 그 앞에 테이블. 다시 그 앞에 기다란 테이블이 T자형으로 놓여 있다. 연회 준비가 되어 있다.

---

28 검의 비를!

맥베스, 맥베스 부인, 로스, 레녹스, 귀족들과 시종들 등장.

맥베스 여러분 모두 자기 좌석을 알 것이니 착석해주오. 별로 할 말은 없소. 다만 충심으로 환영의 뜻을 표하오.

귀족들 황송하옵니다.

맥베스, 부인을 단 위로 인도한다. 귀족들은 긴 테이블 양쪽에 착석한다. 공석을 하나 남겨놓고 있다.

맥베스 나도 여러분 속에 같이 앉아서 주인 노릇을 하겠소.

맥베스 부인, 옥좌로 올라간다.

여주인은 단 위로 올라갔지만, 기회를 보아 환영 인사를 부탁합시다.

맥베스 부인 폐하께서 저를 대신하여 여러분께 인사해주십시오. 물론 저는 마음속으로 충분히 환영 인사를 드리고 있습니다만.

맥베스가 왼쪽 문 앞을 지나갈 때 암살자 1이 그곳에 모습을 나타낸다. 그때 귀족들이 일어서서 맥베스 부인에게 인사를 한다.

맥베스 봐요, 모두 당신에게 진심으로 답례하고 있소. 양쪽 좌석 수가 같으니, 나는 한가운데[29] 앉겠소. (비어 있는 자리를 가리킨다.) 다들 유쾌히 즐기기 바라오. 나도 이제 곧 자리를 돌며 한 사람 한 사람에게 건배하겠소. (문 쪽으로 가서 낮은 소리로) 네 얼굴에 피가 묻어 있다.[30]

암살자 1 (낮은 소리로) 그러면 뱅코의 피입니다.

맥베스 (낮은 소리로) 그자의 체내에 남아 있지 않고, 네 얼굴에 묻길 잘했다. 해치웠나?

암살자 1 (낮은 소리로) 네, 그자의 목을 찔렀습니다. 이 손으로.

맥베스 (낮은 소리로) 너는 살인의 명수로구나. 한데 플리언스를 해치운 자도 훌륭하다. 네가 했다면 그야말로 천하무적이지.

암살자 1 (낮은 소리로) 죄송합니다만 폐하, 플리언스는 놓쳤습니다.

맥베스 (낮은 소리로) 그래, 또 불안의 발작이 일어난다. 그 일만 잘되었으면 더 바랄 게 없었는데, 대리석처럼 견고하며 바위처럼 요지부동하고, 우리를 둘러싸고 있는 대기처럼 자유 활달한 기분이 될 수 있었을 것을. 그러나 그 말을 들으니 나는 다시금 숨 막히는 구멍 속에 감금당하

---

29 이리하여 관객의 주의를 미리 중앙 자리로 끌어놓는다. 셰익스피어의 세밀한 작극(作劇) 기교를 보여준다.

30 낮지만 강한 어조로 질책하듯이 말한다.

고, 끝없는 의혹과 공포에 얽매이는구나. 한데 뱅코는 안심해도 좋겠지?

암살자 1 (낮은 소리로) 네, 폐하, 염려 마십시오. 머리에 스무 군데나 깊은 상처를 입고 시궁창 속에 뻗어 있습니다. 가장 적은 상처로도 목숨을 건지기 어려울 것입니다.

맥베스 (낮은 소리로) 수고했네. 큰 뱀은 죽었다. 달아난 새끼 뱀은 언제고 자연히 독을 가지겠지만 지금 당장은 이빨이 없다. 물러가 있거라. 내일 다시 이야기하자. (암살자 퇴장)

맥베스 부인 폐하, 건배는 안 하십니까?[31] 연회에서는 항상 자주 환영의 뜻을 표하지 않으면 식당에서 사 먹는 음식이나 다름없이 되어버립니다. 누구나 먹는 것만이라면 자기 집이 제일이지요. 초대받은 식사에서는 환대야말로 요리의 양념이 되는 것입니다. 그것이 없으면 어떤 연회도 무의미한 것이 됩니다.

뱅코의 망령이 나타나 맥베스가 앉으려 하는 의자에 앉는다.

맥베스 잘 생각해주었소! 자, 식욕이 늘면 소화도 잘되오.[32] 그

31 맥베스는 암살자 1과 얘기하는 동안 환영의 건배 약속을 잊어버렸다.

32 건배할 때 쓰는 말이지만, '잠을 이루지 못하고' 열병의 고통을 받는 맥베스에게는 매우 무참한 건배다.

두 가지를 위해 건배를!

레녹스 폐하께서도 앉으시옵소서.

맥베스 이로써 온 나라 안의 명문(名門)이 일당에 모인 셈이오. 다만 저 고결한 뱅코만이 빠졌는데, 그의 몰인정함을 책하여 넘길 수 있다면 다행이오만, 뜻밖의 재난[33]이라도 입지 않았는지 걱정이오!

로스 초청을 받고 참석하지 않음은 온당치 못하옵니다. 황송하오나 폐하께서는 신들과 같이 동석해주시옵기 바랍니다.

맥베스 자리가 없는 듯한데.

레녹스 여기에[34] 자리를 비워두었사옵니다.

맥베스 어디에?

레녹스 여깁니다……. 무엇에 놀라시옵니까?

맥베스 이건 누구 짓이냐?[35]

귀족 일동 무엇 말씀이옵니까?

맥베스 아니야, 내가 하지 않았다.[36] 그 피투성이가 된 머리카락을 날 향하여 흔들지 마라.

---

33 이는 관객에게 매우 명료한 것을 의미한다.

34 망령은 필요한 사람 외에는 보이지 않도록 할 수 있다. 어떤 학자는 이것은 악마에 의해 만들어진, 맥베스에게만 보이기 위한 환영 같은 것이라고 생각한다. 아무튼 이 경우, 뱅코의 모습은 맥베스 외의 사람에게는 보이지 않는다.

35 짧은 1행, 맥베스는 망령과 마주쳐 비틀거리며 달아나려 한다.

36 뱅코를 죽인 것은 덩컨 때와 달리 맥베스 자신이 아니다. 맥베스는 그런데도 그를 이토록 괴롭히는 것은 부당하다고 생각한다.

맥베스 부인 일어선다.

로스 여러분 일어납시다. 폐하께서는 불쾌하신 듯합니다.

맥베스 부인 (아래로 내려와서) 앉으세요, 여러분. 폐하께서는 이따금 이런 일이 있으십니다. 소싯적부터. 자, 자리에 앉아주세요. 발작은 잠시뿐입니다. 곧 다시 나으십니다. 그렇게 너무 쳐다보시면 도리어 기분이 상하시어 발작이 오래갑니다. 자, 음식을 드세요, 폐하에 대해선 걱정 마시고. (왕에게 방백) 그래도 사나이라 할 수 있어요?

맥베스 (낮은 소리로) 그렇소. 사나이가 아니고 뭐요, 이렇게 꼼짝도 않고 노려보고 있지 않소. 악마마저도 얼굴을 돌릴 저 괴물을.

맥베스 부인 (낮은 소리로) 참 훌륭도 하십니다! 그것은 당신의 공포심이 그려낸 그림일 뿐이에요. 그것은 허공에 뜬 단검이에요, 언젠가 당신을 덩컨 왕에게로 인도해 갔다고 말씀하셨던. 뭐예요, 별안간 흥분하고 놀라시고, 정말 공포라는 건 그런 것이 아니에요, 이건 기껏 겨울날 화롯가에서 옛날 할머니한테서 들었다는 여자들의 도깨비 얘기에나 어울리는 거예요. ……부끄러우신 줄 아세요! 왜 그런 얼굴을 하세요? 아무것도 없어요. 단지 의자를 보고 계실 뿐이에요.

맥베스 (낮은 소리로) 아니, 저걸 봐요![37] 저것! 저것을! 어떻소?

뭐라고? 네가 그렇게 머리를 끄덕일 수 있거든 말도 해보아라. 일단 땅속에 묻었던 것을 다시 돌려보낼 수 있다면, 시체를 솔개가 쪼아 먹게 하여 그 위장을 우리의 무덤으로 삼는 편이 나을 것이다.

망령 사라진다.

맥베스 부인 (낮은 소리로) 아, 뭐예요! 그런 황당한 소리를, 사나이답지도 않으십니다!

맥베스 (낮은 소리로) 내가 틀림없이 여기 서 있는 것이 사실이라면, 그것도 틀림없이 보였소.

맥베스 부인 (낮은 소리로) 뭐예요, 어리석게!

맥베스 (낮은 소리로, 왔다 갔다 하면서) 피는 지금까지 수없이 흘렀다. 옛날, 인간의 법률이 이 세상을 정화하여 평온하게 만들기 이전에는. 아니, 그 후에도 듣기에도 무서운 살육은 되풀이되었다. 하지만 언제든 골이 터지면 인간은 죽어버리고 그것으로 끝장이 났던 것인데, 지금은 그 자들이 다시 살아난다. 머리에 스무 군데나 치명상을 입었으면서도 사람을 의자에서 밀어낸다…… 살육 자체보다 이편이 훨씬 기괴하다.

---

37 뱅코의 망령이 무슨 제스처를 하거나 머리를 끄덕이는 것이다. 여기서 맥베스가 덩컨의 망령을 보고 있다고 생각하는 학자도 있다.

맥베스 부인 (맥베스의 팔을 잡는다.) 자, 여보, 여러분이 기다리고 계십니다.

맥베스 깜빡 잊고 있었소……. 여러분, 이상하게 생각하지 마오. 묘한 지병인데, 알고 있는 사람은 예사로 생각하오. 아무튼 여러분의 우호와 건강을 축하하오.
잔을 들고 앉겠소. 술을 주오, 철철 넘치도록 부어주오.

잔을 들자 다시금 망령이 나타나 맥베스 뒤의 공석에 앉는다.

그럼 건배하오, 이 자리를 채워주신 여러분을 위하여, 아울러 우리를 기다리게 한 뱅코를 위해서도. 그의 불참은 아무래도 유감스런 일이오! 아무튼 여러분과 그를 위하여 축배를 들겠소. 그리고 여러분의 건강을 축하하며.

귀족 일동 (건배하며) 삼가 충성을 맹세하오며 건배하옵니다.[38]

맥베스 (앉으려고 뒤를 돌아본다.) 물러가라! 사라져라! 땅속으로 사라져버려라! (잔을 떨어뜨린다.)
그 뼈에는 골수가 없고, 피도 차디차게 식었다. 보이지도 않는 눈을 번쩍이면서 나를 노려볼 셈이냐!

맥베스 부인 여러분, 흔히 있는 일입니다. 걱정 마세요. 그 때문에

---

38 귀족들도 일어서서 건배하는데 이어 망령을 본 맥베스의 발작적 언동이 이어지고 귀족들은 놀라움과 당혹스러움을 감추지 못한다.

아니야, 내가 하지 않았다.
그 피투성이가 된 머리카락을 날 향하여 흔들지 마라.
- 3막 4장

그만 오늘 흥이 깨져서.

맥베스 인간이 하는 일이라면 무엇이든 해 보이겠다.[39] 어떤 모습으로 나타나든, 털투성이 러시아 곰, 뿔을 가진 물소든, 히르카니아[40]의 맹호든, 무엇이든, 나의 이 억센 근육은 움쩍도 않을 것이다. 아니면 다시 살아나 인적도 없는 황야로 유혹하여 승부를 낼 셈이냐. 내가 그때 조금이라도 무서워 떨면 어린 겁쟁이 계집애라고 비웃어라. 물러가라, 무서운 환영! 실재하지도 않는 허깨비, 사라져버려라!

망령 사라진다.

음 좋아. 사라지기만 하면 이렇게 아무렇지도 않다. 자, 여러분 조용히 자리에 앉아주오.

맥베스 부인 덕분에 흥도 깨지고 즐거운 연회도 엉망이 되어버렸습니다. 그렇게까지 정신을 잃으시다니.

맥베스 그것을 보고, 더구나 여름 구름처럼 별안간 엄습당해보오, 누가 놀라지 않을 수 있겠는가? 하지만 모두 태연한 것을 보니 나도 잘 모르겠소. 아무도 안색 하나 변치 않

---

39 1막 7장 참조. 사실 그는 그 이상의 일을 해치운 것이다.

40 히르카니아는 카스피해 남쪽 지방의 지명으로, 그 지방의 용맹한 호랑이는 유명하다.

고 볼에는 생생한 피가 돌고 있는데, 나만이 두려움에 파랗게 질려 있소.

로스 폐하, 어떤 모습을 보셨습니까?

맥베스 부인 아무 말씀도 말아주세요. 도리어 더욱 나빠지십니다. 무엇을 물으면 흥분하십니다. 오늘 밤은 이만 돌아가주세요. 나가는 순서 같은 건 상관 마시고. (모두 일어선다.) 안녕히들 가세요.

레녹스 그럼 물러가겠습니다. 폐하께서 쾌유하시기를 비옵니다!

맥베스 부인 여러분 안녕히들 가세요! (일동 퇴장)

맥베스 아무래도 피를 보고야 말려는 것이다. 피는 피를 부른다고 한다.[41] 묘석이 움직이고[42] 나무들이 말을 했다는 이야기도 있다. 불길한 전조와 뜻이 있음 직한 양상이 까치와 까마귀 소리를 빌려 숨은 암살자를 잡아낸 일도 있다…… 밤이 얼마나 깊었소?

맥베스 부인 밤[43]과 아침의 경계점이라 어느 쪽이라고도 말씀드릴 수 없습니다.

맥베스 어떻게 생각하오, 내가 오라고 했는데도 맥더프가 거절

---

41 뱅코를 죽인 일. 사람의 피를 흘리게 하면 반드시 자기 피를 흘린다. 격언적 표현으로 당시 흔히 쓰였다. 〈창세기〉 9장 6절 참조.

42 그래서 살인자가 곧잘 발견되었다고 이야기책 따위에 전해졌다.

43 이 암흑의 왕국에 빛을 가져오는 맥더프의 등장은 상징적이다.

한 것을?

맥베스 부인 틀림없이 사자를 보내셨습니까?

맥베스 아니요, 인편으로 들었지만[44] 아무튼 사자를 보내보겠소. 단 한 집이라도, 내가 기르는 하인이 없는 집은 없소……. 나는 날이 새면 곧 그 마녀들을 만나보겠소. 더 말을 걸어보겠소. 이왕 이렇게 된 바에는 어떻게든 알고 싶소. 최악의 수단으로 최악의 결과를 얻을지라도[45] 말이오. 나를 위해서라면 대의도 명분도 알 바 아니오. 피비린내 나는 유혈 속에 이왕 발을 들여놓은 이상, 이제 새삼 물러설 수는 없소. 감연히 건너버려야 하오. 기괴한 생각이 내 머리에 떠오르는데, 그것을 실행에 옮기려 하오. 망설일 것 없이 곧 해치워야 할 것이오.

맥베스 부인 당신[46]은 주무셔야 합니다. 생명에 필요한 자양물인 잠이 부족하십니다.

맥베스 그럽시다. 가서 잡시다.[47] 기괴한 환영을 보고 현혹되는 것[48]은 훈련이 모자라는 애송이의 공포심, 나도 악행에 있어서는 아직 어린애에 지나지 않소. (두 사람 퇴장)

---

44 2막 4장 참조. 맥더프는 대관식에 출석하지 않고 쭉 자신의 성 파이프에 있었다. 맥베스는 그것을 맥더프의 집에 둔 스파이를 통해 알았다.

45 맥베스는 그들이 마녀·악마임을 알고, 그들에게 자기 영혼을 팔아버릴 생각을 한다.

46 그 맥베스는 이미 '잠'을 죽여버린 것이다! (2막 2장)

47 다음에 부인이 나타날 때 그녀는 몽유병자가 되어 있다!

48 맥베스는 아직 망령이 자신의 단순한 망상이라고 생각한다.

5장 황야[49]

천둥. 세 마녀 등장. 헤카테[50]와 만난다.

마녀 1 아니, 웬일이오, 헤카테! 화가 난 것 같은데?

헤카테 물론이지, 이 건방지고 뻔뻔스런 노파들아. 너희는 어쩌자고 제멋대로 맥베스와 거래를 하여[51] 생사에 관한 수수께끼 따위를 걸었느냐? 그 신통력은 어디서 얻었느냐? 이 세상에 일어나는 모든 재앙을 뒤에서 조종하는 이 마술의 사장(師匠)은 덕분에 현란한 마술을 보여줄 기회를 놓치지 않았느냐? 그리고 더욱 나쁜 것은, 너희가 지금까지 한 일은 심술궂고 고집 세며, 온몸이 노여움으로 가득 찬 사나이를 위한 것이었다.[52] 더욱이 그자는 다른 자

---

49 이 장면은 4막 1장 39~43행, 125~132행 등과 함께 일반적으로 셰익스피어가 쓴 것으로 여겨지지 않는다. 다른 마녀가 등장하는 장면과 내용이나 형식이 다르다. 다른 장면에서는 마녀들의 대사가, 원문에서는 그로테스크한 격조의 시(詩) 형식을 취하고 있다. 그리고 마녀들은 이 장면에 있는 것과 같은 애송이 마녀가 아니고 훨씬 위엄 있는 스코틀랜드의 마녀다. 아마도 셰익스피어가 사망한 뒤 누군가(〈마녀〉의 작가 미돌턴?)가 당시 유행에 맞추어 덧붙인 것으로 생각된다. 여기서 삭제해도 좋은 것이지만 참고로 붙여둔다.

50 2막 1장 2행 참조.

51 부적절한 표현이다. 맥베스는 마녀들과 이런 말을 들을 만한 관계를 가진 적이 없다. 이 장면을 다른 사람이 썼다고 생각되는 것은 그 때문이다.

52 맥베스와 마녀들의 섹스 관계인데, 이것도 부적절하다. 이것은 미돌턴의 〈마녀〉에 어울리는 대사다. 그가 써 넣었으리라고 생각되는 것은 특히 이 대목 때문이다.

들이나 마찬가지로, 자기 생각만 하고, 너희를 위하는 생각은 조금도 없는 자다. 자, 이제 곧 마음을 고쳐먹어라. 날아가라, 지옥의 동굴 아케론[53]으로. 새벽에 나를 기다리고 있어라. 그곳으로 그자가 찾아올 것이다. 자기 운명을 알고 싶어 찾아온 것이다. 도구와 마약 따위를 전부 갖추고 주문과 그 밖의 소용되는 모든 것을 준비해두어라. 나는 공중으로 날아가겠다. 오늘 하룻밤은 일을 하여 어둡고 피비린내 나는 소동을 일으켜야겠다. 저 봐라, 저 초생달 꼬리에 무거운 물방울이 고여 있다. 땅에 떨어지기 전에 그것을 받아서 마술의 힘으로 증류하면 이상스런 허깨비 인간들이 나타나서 그자의 마음을 현혹해, 파멸의 구렁텅이로 몰아넣는 것이다. 운명을 무시하고 죽음을 조롱하는 사나이, 욕망이 커서 지혜도 은총도 공포심도 헌신짝처럼 내던진 사나이. 너희도 아다시피 자만심이야말로 살아 있는 자의 대적(大敵)이다.

음악. '오너라! 오너라! 헤카테, 헤카테, 오너라'[54] 운운하는 노래.

구름이 내려온다.

---

53 아케론은 그리스·로마 신화의 지옥에 있는 강 이름. '아케론 동굴'은 4막 1장에서 맥베스가 찾아가는 스코틀랜드의 동굴을 가리킨다.

54 앞에 적은 미돌턴의 〈마녀〉 3막 3장에 있는 노래.

아, 부르고 있다. 나의 꼬마 요정(妖精)[55]들이 저기서 기다리고 있다. 진한 구름 속에 앉아서. (구름 위에 올라 날아간다.)

마녀 1 자, 빨리 가자. 헤카테가 곧 돌아올 테니. (일동 사라진다.)

6장 스코틀랜드의 어느 성

레녹스와 귀족 한 사람 등장.

레녹스 이상 제가 말씀드린 것[56]은 당신의 생각[57]과 일치되는 듯하나, 더 깊이[58] 해석할 여지도 있겠지요. 다만 한마디 말하고자 하는 것은 모든 일이 기괴하게 진전되었다는 것이오. 고결한 덩컨 왕을 맥베스가 애도하고 있소. 하긴 왕은 돌아가셨으니까. 그리고 저 용감한 뱅코가 밤길을 걸었소—그는—생각하기에 따라서는—아들 플

---

55 무대에서는 꼬마 요정들이 천장에서 내려뜨린 상자에 들어 있고, 엷은 막이 그것을 둘러싸고 있다. 상자는 도르래로 오르내린다. 헤카테도 그 방법으로 천장에 올라간다.

56 의혹의 말. 이하 레녹스의 어금니에 무엇이 낀 듯한 표현에 주의.

57 불안한 생각.

58 그 이상 명백히 나로선 말할 수 없다.

리언스에게 살해당했는지도 모르지요, 플리언스가 도망을 쳤으니까. 아무튼 함부로 밤길을 걸을 일이 아니오. 또 누구나 무서운 일이라고 생각하지 않을 사람이 없겠지요, 만약 맬컴과 도널베인이 자비로우신 부왕 덩컨을 살해했다고 하면. 천벌을 받을 행위요! 맥베스는 얼마나 비분강개했겠소! 왕을 위해 격분, 그 자리에서 두 범인을 즉시 처치해버린 것도 당연할 것이오, 그자들은 술의 노예,[59] 잠의 포로가 되어 있었으니까요. 오히려 찬양할 행위라고 할 수 있을 것이오. 아니, 현명하기도 했소.[60]
그자들이 만약 범행을 부인했다면, 살아 있는 인간은 분개하지 않을 사람이 없을 테니까요. 요컨대 맥베스는 만사를 교묘히[61] 진전시킨 것이오. 그리고 이렇게 말할 수도 있을 것이오. 만약 덩컨의 두 왕자가 맥베스의 손안에 들기만 했다면—하늘도 그리 되도록 내버려두지는 않으셨겠지만[62]—틀림없이 두 왕자는 친부를 살해한 대죄가 어떤 것인지 뼈아프게 맛보았겠지요.[63] 플리언스 역시 마찬가지지요.[64] 하나, 이제 그만합시다! 숨김없이 할 말을 다 하고, 맥더프는 그 타일런트[65]의 연회에 불참

---

59 술에 만취해서는 사람을 죽일 수 없다. 레녹스의 진의는 명백한 듯하다.
60, 61 둘 다 매우 풍자적인 표현이다.
62 레녹스가 관객에게 말한 대사.
63, 64 마음껏 풍자를 구사한다.
65 찬탈자와 폭군이라는 두 가지 뜻을 포함한 말.

제가 말씀드린 것은 당신의 생각과 일치되는 듯하나,
더 깊이 해석할 여지도 있겠지요.
다만 한마디 말하고자 하는 것은
모든 일이 기괴하게 진전되었다는 것이오.
– 3막 6장

했다 하여 미움을 사고 있다 하오. 그가 어디에 은신하고 있는지 아시오?

귀족 덩컨 왕의 장자이신 맬컴은 그 타일런트에게 왕위 계승권을 빼앗겨 영국 궁정에 몸을 의지하고 계시는데, 저 경건한[66] 에드워드 왕에게 후대를 받아 역경 속에서도 여러 사람들이 그에게 바치는 존경은 조금도 손상되지 않았다 하오. 맥더프는 그곳으로 가서 성왕(聖王)[67]에게 간청하여 그의 원조로 노섬벌랜드[68]와 그의 아들인 용감한 시워드를 분기시키려 하고 있다 하오. 그 일이 잘되고—하나님의 가호가 내린다면—우리는 다시금 마음 놓고 밥을 먹고 밤에는 편안히 잠들 수 있으며, 향연의 자리에서 피비린내 나는 비수를 멀리하여 위로는 충절을 다함과 동시에 스스로도 공정한 영예를 받을 것이오. 이것은 지금 누구나 간절히 바라는 바요. 그런데 이 소식을 듣고 맥베스는 크게 노하여 전쟁 준비를 시작했다 하오.

레녹스 맥베스는 맥더프에게 사자를 보냈소?[69]

귀족 물론이오. 그런데 그는 단호히 '나는 갈 수 없소' 하고

---

66 참회왕 에드워드(재위 1003?~1066년). 성스런 영국 국왕과 스코틀랜드 폭군이 대비된다.

67 참회왕 에드워드.

68 노섬벌랜드는 스코틀랜드의 접경 지대. 4막 3장 참조.

69 연회 후에 보냈다. 3막 4장 참조.

거절했다 하오. 사자는 불쾌한 얼굴로 홱 돌아서면서 입 속으로 무언지 중얼거린 모양이오. 아마도 '이런 회답을 갖고 가게 할 셈이냐, 뒤에 후회할 날이 있을 것이다' 라고 말하고 싶었던 게지요.

레녹스 그런 일이 있었다면 맥더프는 있는 지혜를 다하여 가능한 한 맥베스에게서 멀리 몸을 피해야 할 것이오. 아, 하늘의 천사여.

영국 궁정으로 날아가서, 맥더프의 사명을 미리 전해다오, 축복이 속히 저주받은 왕의 수중에서 신음하는 이 나라로 돌아오도록!

귀족 나도 같은 생각이오. 함께 기도합시다. (두 사람 퇴장)

4막

1장 동굴

중앙에 구멍이 파여 있고 화염이 솟아오르고 있다. 그 위에 펄펄 끓는 큰 솥. 천둥과 함께 화염 속에서 세 마녀가 하나씩 나타난다.

마녀 1 얼룩괭이[1]가 세 번 울었다.

마녀 2 내 고슴도치는 세 번하고[2] 한 번 울었다.

마녀 3 하피어[3]도 귀찮게 '빨리, 빨리' 하고 부르고 있다.

마녀 1 큰 솥 가장자리를 빙빙 돌자. 썩은 내장을 집어넣어라. (세 마녀 솥 주위를 왼쪽으로 돌기 시작한다.) 차가운 돌 밑에서 서른한 낮, 서른한 밤,[4] 독기 서린 땀을 흘리며 잠들어 있던 두꺼비[5]야 너를 먼저 마술의 솥으로 삶아주겠다!

세 마녀 이 세상의 신고(辛苦)도 두 배의 배다.[6] 불길아 타올라

---

1 갈색에 검은 줄이 있는 고양이.

2 여러 가지로 해석되는데, 그들의 울음소리가 세 번 울어 한 라운드가 되는 것으로 생각하는 것이 좋을 것이다. '세 번하고 한 번' 하여 네 번이라고 해석하는 것은 마의 수 '3'을 깨는 것이므로 좋지 않다. 세 번 울어도 마녀 2가 대답을 하지 않아 다시 한 라운드 울려고 한 번 소리를 냈다고 해석하는 사람도 있다. 그 밖에 이 세 번은 앞의 얼룩괭이를 말한 것이라고 생각하는 학자도 있다.

3 부엉이로 생각하는 학자도 있는데, 일종의 정체불명의 마물(魔物). 그리스·로마 신화에 나오는 괴조(怪鳥) 하피(Harpy)에서 온 것으로 보인다.

4 기수(奇數), 마의 수.

5 잠들어 있을 때 붙잡은 것만이 독이 있고 마력이 있다.

6 맥베스를 포함한 인간계에 대한 저주, 주문.

라, 가마솥아 부글부글 끓어라. (세 마녀 가마 속을 휘젓는다.)

마녀 2 다음에는 늪에서 자란 뱀[7] 고기 조각, 큰 가마 솥에서 삶겨라, 볶여라. 도롱뇽[8]의 눈알과 개구리 발톱, 박쥐의 날개와 개 혓바닥, 독사의 혀와 눈 먼 뱀[9]의 가시, 도마뱀[10]의 다리와 올빼미 날개, 이 주술로 무서운 재앙이 끓어오른다. 자, 지옥의 잡탕, 부글부글 끓어라, 펄펄 끓어라.

세 마녀 이 세상의 신고(辛苦)도 두 배의 배다. 불길아 타올라라, 가마솥아 부글부글 끓어라. (휘젓는다.)

마녀 3 용의 비늘과 늑대의 이빨, 마녀의 미라[11]와 사람 잡아먹은 상어, 그놈의 밥주머니와 썩은 창자, 밤에 캐낸[12] 독기 서린 당근 뿌리, 예수를 헐뜯은 유대인의 간장, 산양의 간과 월식[13]하는 밤에 잘라 온 소방목[14] 나뭇가지, 터키인[15]의 코와 타타르인[16]의 입술, 창녀가 개천에 내지르

---

7 전통적으로 마성(魔性)을 가진 것이다.
8 두꺼비와 마찬가지로 독이 있는 것으로 생각되었다.
9 무해 무독하지만 뱀을 연상하여 유독하다고 생각되었다.
10 이것도 유독하다고 생각되었다.
11 미라는 원래 약으로 여겼는데, 마녀의 미라는 유독하다고 생각되었던 모양이다.
12 밤에 캐낸 것이 훨씬 독의 힘이 강하다.
13 일식과 월식은 흉사의 전조.
14 소방목은 묘지에 자라는 나무로 유독하다고 생각되었다.
15,16 둘 다 잔혹한 이교도다.

고 바로 목 잘라 죽인 갓난애의 손가락, 자, 이것들을 듬뿍 집어넣어 진한 국을 끓여라. 거기에 또 하나, 호랑이의 내장을 더하여 가마솥의 독기를 돋우자.

모두 이 세상의 신고도 두 배의 배다. 불길아 타올라라, 가마솥아 부글부글 끓어라. (휘젓는다.)

마녀 2 자, 이것을 원숭이 피로 식혀라. 이것으로 주술은 끝났다. 효력은 충분.

그곳에 헤카테[17]가 다른 세 마녀를 데리고 등장.[18]

헤카테 아, 잘들 했다! 수고들 했다. 이익은 나중에 나누어주마. 자, 가마솥을 돌면서 노래를 불러라. 꼬마 요정답게 손에 손을 잡고서, 애써 만든 요리에 마술을 걸어라.

음악과 노래, '검은 정령……'[19]으로 시작된다.

헤카테 퇴장.

마녀 2 엄지손가락[20]이 쑤시는 걸 보니, 어떤 악한 자가 여기

---

17 이 대목은 셰익스피어가 쓴 것으로 생각되지 않는다. 3막 5장 참조.

18 세 마녀를 추가한 것은 도합 여섯 마녀와 헤카테가 마술 댄스를 크고 훌륭하게 하기 위해서일 것이다.

19 이것도 미돌턴의 〈마녀〉 5막 2장에 있다. 3막 5장 주 참조.

20 신체 일부가 아픈 것은 어떤 흉사가 일어날 전조로 생각되었다.

이 세상의 신고(辛苦)도 두 배의 배다.
불길아 타올라라,
가마솥아 부글부글 끓어라.
- 4막 1장

오나 보다. 빗장을 내려라,[21] 어떤 자든 상관없다![22]

문이 열리고 맥베스의 모습이 나타난다.

맥베스 (안에 발을 들여놓으면서) 아, 암흑[23] 속에서 흉악한 일을 하는 마녀들아! 무슨 짓들을 하고 있느냐?

여섯 마녀 입으로는[24] 말할 수 없는 일이오.

맥베스 명령한다.[25] 너희가 어떻게 해서 그것을 아는지는 모르지만,[26] 마성(魔性)의 신통력이 있다 하니[27] 그 힘으로 대답해다오. 그 대신 무슨 짓을 해도 좋다. 너희가 바람

---

21 장소는 동굴이다. 반드시 대문에 빗장이 걸려 있는 것이 아니고, 침입자에 대비해 문을 닫고 있는 마술의 바위문에 대한 비유로 봐야 할 것이다. 마녀 2는 마술로 맥베스를 들인다. 반 행, 바위문이 열리는 액션.

22 반 행—맥베스가 등장하는 액션.

23 그들이 종사하는 마술을 '흑마술(black magic)'이라고 했기 때문이다. 여기에는 'sorcery'와 'necromancy'가 있는데 비합법적인 마술이었다. 이에 대비해 연금술 같은 것을 '백마술(white magic)'이라 불렀는데 이는 합법적 과학이었다.

24 그들의 암흑의 비법은 입에 올려 말하기엔 너무나 무서운 것이었다.

25 맥베스가 마녀들에게 명령한다. 그와 마녀들의 관계가 그렇게 변한 것이다. 1막 3장에서 그는 마녀들에게 부탁해 장래의 일 등에 대해 가르침을 받는다(악마와 그 사이에 중개역인 마녀가 있다. 그러한 격식을 당시의 악마학에서 소서러(sorcerer)라 한다). 그런데 여기서 그는 마녀들에게 '명령'한다. 악마와 직접 계약을 맺는 것이다. 그는 '주인'에게 직접 면회를 신청한다. 악마는 그의 혼과 교환 조건으로(3막 1장), 표면상으로는 무엇이나 그가 말하는 대로 좇는 것처럼 보인다(이러한 격식을 네크로맨서(necromancer)라 한다). H. N. Pual의 의견에 따르면 맥베스는 소서러에서 네크로맨서로 변했다고 생각하는 것이 좋을 것이다. 이 구별에 대한 설명은 제임스 1세의 《악마론》에 상세히 나와 있다. 이 대목 전후 맥베스의 대사는 네크로맨서의 격식과 언동에 어울린다.

26 그런 것은 아무래도 좋다, 다만 내 물음에 대답하기만 하면 된다. 3막 2장 참조.

27 '흑마술', 즉 네크로맨서.

이라는 바람은 죄 풀어놓아 교회를 넘어뜨리든, 격노한 파도가 배를 뒤엎어 집어삼키든, 거둬들일 곡식과 나무들을 폭풍으로 쓰러뜨리든, 성벽을 무너뜨리고 파수병을 생매장하든, 궁전과 피라미드 꼭대기를 흔들어 기울이든, 자연을 풍부히 결실 맺게 하는 만물의 종자를 모두 땅 위에 흩어 먼지 더미로 만들고 어떤 파괴의 마수도 두려워 얼굴을 돌릴 황폐함이 대지를 뒤덮든 나는 상관하지 않겠다. 자, 대답해다오, 내 물음에.

마녀 1 말해보시오.

마녀 2 물어보시오.

마녀 3 대답해주겠소.

마녀 1 우리한테 들으시려오? 아니면 우리 주인들한테 들으시려오?

맥베스 불러내다오, 아무튼 나와 만나게 하라!

마녀 2 제 새끼 아홉 마리를 먹어버린 암퇘지 피를 퍼부어라. 교수대에서 흘린 살인자의 기름도 모두 불 속에 집어넣어라.

세 마녀 자, 지옥에서, 신분이 높은 것이건 낮은 것이건 즉시 모습[28]을 드러내어 훌륭히[29] 직분을 다하라.

---

28 제임스 1세의 《악마론》에 따르면, 네크로맨서와 악마의 계약을 한 환영의 모습.

29 지나침은 미치지 못함과 같다. 손바닥 안을 전부 보여서는 안 된다. 맥베스의 호기심을 끌도록 유혹하여 최후의 파멸로 이끌도록 '훌륭히'.

천둥.

가마솥 속에서 환영 1이 나타난다. 맥베스와 같은 투구를 쓰고 있다.[30]

맥베스 자, 말해다오. 어떤 자인지는 모르겠으나—.

마녀 1 그[31]는 당신의 뱃속까지 알고 있소. 아무 말 말고 듣기만 하오.

환영 1 맥베스! 맥베스! 맥베스! 맥더프를 주의하라. 파이프의 영주를 주의하라. 이제 보내다오.[32] 그뿐이다. (가마솥 속으로 사라진다.)

맥베스 네가 무엇인지는 모르겠으나 가르쳐주어 고맙다. 내 마음의 번민을 훌륭히 알아맞혔다. 그런데 한 마디만 더—.

마녀 1 명령 따위는 받아들이지 않을 것이오. 다음에 또 다른 것이 있소, 훨씬 무서운 힘[33]을 가진 것이.

천둥.

환영 2가 나타난다. 피투성이가 된 어린아이 모습을 하고 있다.

---

30 뒤에 맥더프에 의해 잘린 맥베스의 목. 맥더프라고 생각하는 학자도 있다.

31 이제 마녀들은 악마와 직접 거래하여 자기들보다 위인 맥베스의 명령에 따르지 않으면 안 된다. 하지만 계교를 전부 밝혀서는 안 된다. '훌륭히' 하지 않으면 안 된다. 방법은 단 하나, 맥베스에게 질문을 시키지 않는 일이다. 또 마술 실연(實演) 중에는 정숙해야 했다.

32 악마에게도 환영으로 나타나는 일은 상당한 고행이다.

33 환영 1이 맥베스고 환영 2가 맥더프기 때문에 훨씬 강력하다고 생각하는 사람도 있다.

환영 2 맥베스! 맥베스! 맥베스!

맥베스 귀가 셋 있으면 한다.[34] 그만큼 정신 차려 듣겠다.

환영 2 아무리 잔혹한 일이라도 두려워 말고 해치워라. 인간의 힘 따위는 코웃음 쳐버려라. 여자가 낳은 자[35] 중에는 맥베스를 넘어뜨릴 자가 없다. (밑으로 사라진다.)

맥베스 그렇다면 살아 있어라, 맥더프. 너를 무서워할 필요가 없다. 하지만 후환이 없도록 조심해야지, 운명한테서 증서를 하나 받아두어야겠다. 역시 살려둘 수는 없다, 맥더프. 나는 창백한 공포심 따위는 망상에 지나지 않는다고 납득하고, 천둥이 울어도 편안히 잠들고 싶은 것이다.

천둥.

환영 3이 나타난다. 역시 어린아이인데 왕관을 쓰고 손에 나뭇가지를 들고 있다.[36]

이건 뭐냐? 왕자로구나. 어린 얼굴에 최고의 왕위를 나타내는 왕관을 쓰고 있지 않은가?

---

34 '맥베스!' 하고 세 번 불렀기 때문.

35 맥더프는 제왕절개로 세상에 나왔으므로, 엄밀한 의미에서 '여자가 낳았다'고 할 수 없다.

36 덩컨의 왕자 맬컴을 상징한다. 손에 든 나뭇가지는 뒤에 그가 군사 행동을 숨기기 위해 병사들에게 각기 나뭇가지를 들게 하여 버남의 숲이 던시네인으로 이동하는 것처럼 보인 것을 상징한다.

세 마녀 자, 들으시오. 말을 하면 안 되오.

환영 3 사자의 용기를 가지고, 가슴을 펴고, 조금도 걱정하지 마라. 누가 노하든, 누가 괴로워하든, 배반자가 어디서 무엇을 꾀하든, 맥베스는 결코 멸망하지 않는다. 저 버남의 대삼림[37]이 던시네인의 언덕까지 쳐들어오지 않는 한. (아래로 사라진다.)

맥베스 그런 일은 있을 수 없다. 누가 숲을 소집하여 대지에 뻗은 뿌리를 뽑으라고 나무에게 명령할 수 있겠나? 훌륭한[38] 예언이다! 고맙다. 이미 죽은 자여, 버남의 숲이 움직이지 않는 한, 두 번 다시 반역의 마음을 품지 마라. 가장 높은 자리[39]에 오른 맥베스는 '자연'[40]의 수명을 길이 누리다가, 때가 오면 모든 사람과 같이 그 수명을 고이 마칠 것이다. 하지만 내 가슴은 한 가지만은 더 알고 싶어서 날뛰고 있다. 말해다오, 만약 너의 신통력

---

37 버남, 던시네인은 둘 다 퍼스 근처에 있으며 양자 간의 거리는 약 12마일. '숲이 움직인다'(나무로 위장한 군대가 이동한다)는 말은 북구 전설에 흔히 나오는 이야기.

38 1막 3장 참조. 맥베스는 다시 마녀들의 '거짓말(equivocation)'에 넘어간 것이다. 맥베스는 1막 3장에서 '좋은가' '나쁜가' 의심했다. 그는 여기까지 피의 강을 건너왔다.

39 장차 '가장 높은' 던시네인의 언덕에서 맬컴의 군사를 맞아 싸우는 맥베스의 자리는 문자 그대로 '가장 높은 자리'인데, 악녀들의 말에 유혹된 맥베스 자신의 왕권에 대한 절대적 자신감의 표명이기도 하다.

40 '자연'은 중세 때부터 자연 생성한 여신을 가리킴. 인간은 '자연'이라는 호주(戶主)·지주(地主)에게서 일정 기간 동안 생명을 빌려, 그 집세·지대(地代)로 최후의 숨을 지불한다. 맥베스는 천수를 다하여, 결코 살인자에게 '최후의 숨'을 지불하지 않겠다는 뜻.

이 그것까지도 알 수 있다면. 뱅코의 자손은 대체 이 나라를 통치할 것이냐?[41]

모두 그 이상은 알려고 하지 마오.

맥베스 내 마음을 가라앉히고 싶다. 이것을 거부한다면, 너희는 영원히 저주를 받을 것이다! 자, 말해다오…….

오보에 소리와 함께 큰 솥이 밑으로 가라앉는다.

왜 저 큰 솥이 가라앉느냐? 저 음악 소리는 무엇이냐?

마녀 1 보여줘라!

마녀 2 보여줘라!

마녀 3 보여줘라!

모두 그의 눈에 보여줘, 그리고 그의 마음을 슬프게 하라. 자, 그림자같이 나타나서 그림자같이 사라져라!

맥베스가 말하는 동안, 8인[42]의 왕의 환영이 하나씩 동굴 속을 지나간다.

---

41 1막 3장에서도 뱅코의 자손이 어느 나라를 통치하는가에 대해서는 아무런 언급이 없다.

42 스튜어트 집안의 8인의 왕. 뱅코의 후예 월터 스튜어트와 맬컴의 자손 매저리가 결혼해 뱅코와 맬컴의 혈통이 맺어졌다. 그 아들 로버트 2세가 스튜어트 왕조의 첫 번째 왕, 이어 로버트 3세…… 등으로 이어지다가 스코틀랜드의 메리 여왕이 여덟 번째가 된다. '왕'이라 하여 여왕은 제외한다고 생각하는 이가 많은데, 셰익스피어가 현명하게도 제임스 1세의 어머니 메리 여왕에 대한 미묘한 문제를 막연히 나타낸다고 생각하는 것이 좋다.

최후의 왕은 손에 거울[43]을 들고 있다. 뱅코의 망령이 그 뒤를 따른다.

맥베스 (선두의 환영을 보고) 너는 뱅코의 망령과 똑같구나, 물러가라! 그 왕관이 내 눈알을 태울 것 같다. (두 번째 환영을 보고) 그 머리카락, 금관을 쓴 이마, 너는 처음 놈과 똑같구나. 셋째 놈도 먼저 놈과 같다. 더러운 마귀들아! 왜 이런 것을 내게 보이느냐?—넷째 놈도? 눈알이 튀어나올 것 같다! 에잇 고약한! 최후의 심판 날까지 이 행렬을 계속할 셈이냐? 또? 일곱째냐? 더 보지 않겠다. 또 여덟까지 나타나는구나, 손에 마술의 거울을 들고, 뒤에 계속되는 무수한 행렬을 비춰 보여줄 셈이냐? 아, 보인다. 구슬[44] 두 개와 왕홀 세 개를 들고 있는 모습이. 무서운 환영이다! ……아, 역시 정말이었구나. 머리가 피투성이가 된 뱅코가 얼굴에 웃음을 띠면서 행렬을 가리키고 있다, 이것이 자기의 자손이라고. 말하라, 정말 이렇게 된단 말이냐?

마녀 1 그렇소.[45] 다 사실이오. 그런데 왜 맥베스는 그렇게 놀

---

43 원어 'glass', 이것을 사용하여 객석 맨 앞줄에 있던 제임스 1세를 맥베스에게 실제로 비춰 보여 참신한 효과를 노렸다고 한다.

44 왕권의 상징, 십자가가 붙어 있다. 왕홀(王笏)도 같다. 구슬과 왕홀의 수에 대해서는 서로 다른 해석들이 있는데, 두 개의 구슬은 제임스 1세 즉위 이래의 잉글랜드와 스코틀랜드의 융합, 세 개의 왕홀은 각각 잉글랜드와 스코틀랜드, 아일랜드 왕국을 가리킨다는 견해가 옳을 것이다.

45 이 대목도 셰익스피어가 썼다고는 생각되지 않는다.

라시오? 자, 모두 이 대장[46]을 격려해주자. 재미있는 여흥이라도 보여줘라. 내가 마술을 걸어 공중에 노래를 흘려보낼 테니 너희는 기묘한 춤을 추어라. 그러면 이 훌륭하신 임금님도 우리 어깨를 두드리며 말씀하시겠지, 환대해주어 감사하다고.

음악. 마녀들의 춤. 그리고 홀연히 사라진다.

맥베스 그들은 어디에 있나? 모두 가버렸나? 아, 이 무서운 한 때, 달력에 남아 영원히 저주받아라! 아, 들어오너라!

레녹스 등장.

레녹스 무슨 분부십니까?

맥베스 괴상한 여자들을 보았나?

레녹스 보지 못했사옵니다, 폐하.

맥베스 옆을 지나가지 않았나?

레녹스 아무도 지나가지 않았습니다.

맥베스 그들이 타고 다니는 바람도 썩어버려라! 그 마귀를 믿는 자들은 지옥으로 떨어져라![47] 말발굽 소리가 들렸는데,

---

46 물론 맥베스를 가리킨다.

47 그렇게 되는 것은 바로 그 자신이다!

누가 왔나?

레녹스 사자이옵니다. 맥더프가 영국으로 도망쳤다는 소식을 가지고 왔습니다.

맥베스 영국으로 도망쳤다고?

레녹스 네, 그러하옵니다.

맥베스 (방백) 때여, 너는 앞질렀구나, 내 무서운 계획을. 아무리 재빠른 계략을 세워도 실행이 따르지 않으면 뒤처질 뿐이다. 지금 이 순간부터 마음속에 싹튼 일은 그 자리에서 손으로 성사시켜야겠다. 그렇다, 지금 당장 내 생각을 반드시 행위로 장식해주겠다. 생각하면 해치워야 한다. 나는 맥더프의 성을 급습하여 파이프를 빼앗고, 그자의 처자와 그자의 핏줄이 이어지는 가엾은 놈들을 칼끝에 걸겠다. 어리석은 자의 대언장담(大言壯談)과는 다르다. 이 생각이 식기 전에 해 보이겠다. 이젠 필요 없다, 그 따위 허깨비! (레녹스에게) 그 사자들은 어디 있나? 자, 그곳으로 안내하라. (두 사람 퇴장)

2장 파이프, 맥더프의 성

맥더프의 부인과 그 아들인 소년, 로스 등장.

맥더프 부인 그이가 외국으로 도망하지 않으면 안 될 무슨 일이라도 저질렀단 말입니까?

로스 부인, 침착하셔야 합니다.

맥더프 부인 아녜요, 침착하지 않은 건 그이예요. 도망을 하다니 미친 짓입니다. 실제로는 아무 일을 하지 않아도 무서워 날뛰면 그것만으로 배반자로 몰립니다.

로스 분별이 있어서 그랬는지, 무서워서 그랬는지는 알 수 없습니다.

맥더프 부인 분별이라고요! 처자를 버리고 집과 재산을 다 버리고 혼자 달아나는 일이! 아녜요, 애정이 없어요. 혈육의 정이 없는 사람입니다. 새 중에서 제일 작은 굴뚝새도 둥지 속의 새끼를 지키려고 부엉이와 싸웁니다. 두려워할 뿐, 애정이라곤 눈곱만큼도 없습니다. 분별이 무슨 분별이에요? 이렇게 도망을 치다니 아무리 생각해도 이치에 맞지 않는 일입니다.

로스 진정하세요. 그분은 훌륭한 분입니다. 총명하고 판단력도 있으며, 누구보다 선견지명이 있는 분입니다. 이 이상은 말씀드릴 수 없습니다. 아무튼 무서운 세상입니다. 자기도 모르는 사이에 반역자가 되어버립니다. 두려운 나머지 풍설을 믿지만, 실은 무엇이 두려운지도 모릅니다. 다만 미쳐 날뛰는 파도 위를 이리저리 떠다닐 뿐입니다. 이만 가보겠습니다. 머지않아 또 찾아뵙겠습니다. 사물도 극도에 달하면 그치고, 잘되면 점차 처음 상태로 돌아가겠지요. 아기도 잘 있어요!

맥더프 부인 가엾게도 아버지가 있으면서 아비 없는 자식이나 다름없습니다.

로스 저도 어리석어서 이 이상 머물러 있으면 추태를 부려 부인께 폐를 끼칠 듯합니다. 안녕히 계십시오. (급히 퇴장)

맥더프 부인 얘야, 아버지는 돌아가셨다. 넌 어떻게 하겠니? 어떻게 살아가겠니?

소년 새같이 살지요, 어머니.

맥더프 부인 뭐, 벌레와 파리를 잡아먹고?

소년 뭣이든 잡히는 것을 먹지요. 새들은 모두 그렇지 않아요?

맥더프 부인 가엾어라! 너 같은 어린 새는 그물도 끈끈이도 무서워하지 않겠지. 함정도 올가미도 안중에 없겠지.

소년 무서워하다니 왜요? 가엾은 어린 새한테 누가 그런 짓을 하겠어요? 어머니는 그러시지만, 아버지는 돌아가시지 않았어요.

맥더프 부인 아냐, 돌아가셨단다. 아버지가 안 계셔서 어떻게 하면 좋겠니?

소년 그럼 어머니는 주인 없이 어떻게 살아가세요?

맥더프 부인 그렇군, 시장에 가서 잔뜩 사들일까?

소년 그러고는 또 팔아버리지요?

맥더프 부인 열심히 지혜를 짜내어 말하고 있구나. 하지만 정말 영리하다.

소년 아버지는 역적이었어요, 어머니?

맥더프 부인 그래, 그렇단다.

소년 역적이란 무엇이에요?

맥더프 부인 그건 맹세를 하고서 거짓말하는 사람이란다.[48]

소년 그럼 역적은 다 그래요?

맥더프 부인 그래, 그런 짓을 하는 사람은 다 역적이다. 그래서 마지막에는 목을 매달아 죽인다.

소년 그럼 맹세를 하고 거짓말하는 사람은 다 목을 매달아 죽여요?

맥더프 부인 그래, 누구나 다.

소년 대체 누가 목을 졸라요?

맥더프 부인 그야 정직한 사람이지.

소년 그럼 그 맹세했다 거짓말했다 하는 사람들은 바보들이군요. 맹세했다 거짓말했다 하는 사람들은 얼마든지 있으니 언제든 정직한 사람을 몰매질하여 목매달아 죽일 수 있을 텐데.

맥더프 부인 어머, 그런 소릴! 그런데 아버지가 안 계셔서 정말 어떻

---

48 국왕에 대한 충성의 맹세를 깨고, 결혼의 맹세(결혼하여 처자를 지킨다는 맹세)를 깨는 일. 여기에도 가네트 신부의 '거짓말'에 대한 언급이 있다.

게 하면 좋겠니?

소년 아버지가 정말 돌아가셨다면 어머닌 우실걸요 뭐. 어머니가 울지 않으시면 좋은 일이 있다는 징조예요. 곧 새 아버지가 생긴다든지.

맥더프 부인 귀여운 수다쟁이야, 무슨 소릴 하는 거니…….

사자(使者) 등장.

사자 실례합니다, 마님! 처음 뵙지만 저는 마님의 높은 신분을 잘 알고 있사옵니다. 당돌하오나 마님 신변에 곧 위험이 닥칠 것입니다. 미천한 자의 말씀이오나, 들어주시고 한시바삐 이곳을 피하시기 바랍니다. 아기들도 함께 데리고 떠나십시오. 이렇게 놀라시게 하는 것은 본의 아닌 일입니다만, 더욱 큰 잔혹한 마수가 바로 눈앞에 다가오고 있습니다. 아무쪼록 조심하옵소서! 저도 이러고 있을 수 없습니다. (사자 퇴장)

맥더프 부인 어디로 피한단 말이냐? 나쁜 일이라곤 해본 일도 없다. 하지만 지금은 이 세상에 살고 있다는 걸 잊지 말아야지, 여기서는 나쁜 일을 하면 도리어 칭찬받고, 착한 일을 하면 위험하고 어리석은 짓이라는 말을 듣기도 한다. 그렇다면 아, 나쁜 일이라곤 해본 일도 없다는 말은 결국 어리석은 여자의 변명에 불과하단 말인가?

한시바삐 이곳을 피하시기 바랍니다. 아기들도 함께 데리고 떠나십시오.
이렇게 놀라시게 하는 것은 본의 아닌 일입니다만,
더욱 큰 잔혹한 마수가 바로 눈앞에 다가오고 있습니다.
아무쪼록 조심하옵소서! 저도 이러고 있을 수 없습니다.
– 4막 2장

살인자들 등장.

저 사람들은 누구냐?

살인자 맥더프는 어디 있소?

맥더프 부인 너희 같은 인간들이 찾아낼 수 있는 더러운[49] 곳에는 안 계실 게다.

살인자 그는 역적이다.

소년 거짓말 마, 이 삽살개, 아귀야!

살인자 건방지게 애송이가! (별안간 어린아이를 칼로 찌른다.) 반역자의 씨!

소년 아, 이놈이 날 죽여요. 어머니 달아나세요, 어서! (죽는다.)

맥더프 부인, '사람 죽인다' 고 외치면서 달아난다. 살인자들이 뒤를 쫓는다.

---

49 우리는 맥더프가 '성스런' 곳에 있음을 알고 있다. 3막 6장 참조.

3장 영국, 참회왕 에드워드의 궁전 앞

맬컴과 맥더프 등장.

맬컴 어디 사람 눈에 띄지 않는 그늘진 곳을 찾아가서 우리의 어두운 가슴이 후련해질 때까지 실컷 울어나 봅시다.

맥더프 그보다는 오히려 필살(必殺)의 검을 굳게 쥐고, 사나이답게 일어서 기울어가는 조국의 운명을 지킵시다. 새 아침이 올 때마다 새 과부들이 통곡하고, 새 고아들이 울부짖으며, 새 비탄에 충격받은 하늘은 우리 조국 스코틀랜드를 동정하듯, 이에 반향하여 똑같은 비탄의 소리를 외치고 있습니다.

맬컴 사실이라 믿기면[50] 슬퍼도 하겠소. 사태가 밝혀지면 믿기도 하겠소. 내 힘으로 구원할 수 있다면 때가 오면 그렇게 해 보이겠소. 그대가 한 말은 아마 사실이겠지요. 지금은 그 이름을 입에 올리기만 해도 혀가 부풀어오를 듯한 그 폭군[51]도 전에는 충성스런 사나이라 생각되었

---

50 맬컴은 맥더프를 경계하고 있다. 맥베스가 파견한 스파이일지도 모르기 때문이다. 그는 맥더프가 하는 말을 거의 믿지 않으며, 행동하기를 거부한다.

51 즉 맥베스. 맥더프가 아직 맥베스에게 충성을 다하고 있을지도 모른다고 생각되는 이유를 말한다.

소. 그대도 그를 진정으로 경애했을 것이오. 그도 아직 그대에게는 손을 대지 않았소.[52] 나는 아직 어린[53] 사람이지만 나를 팔면 그대도 맥베스에게 다소의 은상(恩賞)을 받을 것이오. 한 마리 연약하고 가엾은, 무고한 어린 양을 바쳐 노여움에 떠는 신의 마음을 가라앉히는 것도 분별력 있는 것일지 모르오.

맥더프 저는 두 마음을 품고 있지 않습니다.

맬컴 하지만 맥베스는 품고 있었소. 선량하고 덕망 높은 인물도, 제왕의 대권 앞에서는 절의를 굽히기 쉬운 법이오. 하지만 용서하시오.[54] 내가 어떻게 생각하든 그대의 인품엔 변함이 없소. 천사들은 가장 휘황하게 빛나는 그 두령[55]이 지옥에 떨어져 악마가 될지라도 항상 빛날 것이며, 흉악한 자들이 모두 미덕의 가면을 뒤집어쓸지라도 미덕의 용모는 변하지 않을 것이오.

맥더프 저는 조국에 대한 희망을 잃고 말았습니다.[56]

맬컴 아니, 그 점이, 그렇게 말하는 점이 아무래도 내겐 의심스럽소. 무법(無法)에도 분수가 있는 법이오. 어찌하여

52 파이프의 비참한 뉴스는 아직 그들에게 전해지지 않았다.

53 그러니 아직 위험하지는 않다.

54 맬컴은 맥더프의 기분을 상하게 한 것을 사과하고 그의 기분을 풀어주려 한다. 하지만 여전히 그의 충성심을 시험한다.

55 루시퍼(Lucifer)를 가리킴. 신에 도전하다 지옥으로 떨어졌다. '빛을 가져오는 자'라는 것이 그 이름의 뜻.

56 맬컴이 그를 믿어주지 않으므로.

벌거숭이와 다름없이 처자를 내던지고 오셨소? 소중한 원동력이며 다시없는 사랑의 원천, 강한 매듭인 처자에게 작별의 인사도 없이? 하지만 이렇게 의심한다 하여 그대를 모욕하는 것으로 알지 마시오. 지금의 나로선 내 손으로 내 몸을 지키는 방도밖에 없기 때문이오. 그대는 정의의 인사인지도 모르오, 내가 어떻게 생각을 하든.

맥더프 피를 흘려라,[57] 피를 흘려라, 처참한 조국의 운명! 미쳐 날뛰는 학정(虐政)이여, 튼튼히 뿌리를 박아라, 어떠한 선도 이제 너의 힘을 막을 수 없으니. 얼마든지 악을 행하라. 폭군의 칭호는 확인되었다! 전하, 그럼 물러가겠습니다. 다만 한 말씀, 비록 저 폭군의 손안에 있는 영토를 제게 주고 풍요한 동방 땅 전부를 덧붙여준다 해도, 저는 전하가 생각하시는 그런 악당이 되고 싶지는 않습니다. 그런 사나이도 있는 것입니다.

맬컴 노하지 마시오. 나는 절대로 그대를 의심해서 하는 말이 아니오. 나는 조국 스코틀랜드가 폭정 밑에 신음하는 것을 잘 아오. 조국은 울며 피 흘리고 있소. 매일 새로운 상처가 묵은 상처 위에 더해지고 있소. 하지만 나를 위하여 일어나줄 사람들도 있을 것이오. 더욱이 나는 이곳에서 자비 깊으신 영국 왕에게, 용감한 원병 몇천을 제

---

57 마침내 맥더프는 절망한다.

공하겠다는 약속을 받고 있소. 하지만 그럼에도[58] 내가 폭군의 머리를 바로 짓밟고, 목을 칼끝에 꿰어 올린다 하더라도, 나의 처참한 조국에는 지금 이상으로 악이 창궐할 것이고 더욱 많은 고난을 겪을 것이오, 다음에 왕위에 오르는 자 덕분에.

맥더프 누구를 말씀하시는 겁니까, 그것은?

맬컴 나[59] 자신을 말하는 것이오. 내 몸에는 갖은 악덕이 뿌리박고 있어 그것이 일단 꽃을 피우면, 그 시꺼먼 맥베스의 얼굴도 오히려 눈처럼 희게 보일 것이며, 가엾은 조국의 민중은 나의 끝없는 무도(無道)와 재앙을 두려워하여 그 사나이를 어린 양처럼 받들 것이오.

맥더프 무서운 지옥의 악마의 무리 가운데서도, 악행에 있어서는 맥베스를 당할 놈이 없을 것입니다.

맬컴 그는 과연 잔인무도하고, 호색, 탐욕하고, 믿을 수 없고, 거짓말쟁이며, 성급하고 엉큼하여, 죄악이란 죄악은 모두 짊어지고 있소. 하지만 나도 음탕한 점에서는 한량이 없소. 누구의 아내건 딸이건, 부인이건 처녀건, 그것들을 모아 이 욕정의 저수지에 집어던져도 도저히

---

58 이하에서 맬컴은 자기야말로 맥베스 이상 가는 악덕한 왕이라고 거짓 주장을 한다. 물론 맥더프를 시험해보기 위해서다. 악덕한 왕이라도 상관없으니 스코틀랜드로 돌아가라고 권한다면, 맥더프는 진정으로 스코틀랜드를 위하는 것이 아니다.

59 모든 것이 맥베스의 폭정으로 돌아간 스코틀랜드의 악의 가지를, 맬컴은 여기서 자기 자신 위에 쌓아 올려 보인다.

채울 수 없소. 의지에 거역하는 방해자는 넘치는 물에 밀려 떠내려갈 것이오. 이러한 사나이가 나라를 다스리기보다는 차라리 맥베스가 나을 것이오.

맥더프 한량없는 방종도 인간의 본성을 빼앗는 폭정임에는 틀림없습니다. 그것 때문에 뜻밖에 행복스런 왕좌를 내놓고, 허다한 왕이 실각당한 일은 있습니다. 하지만 당신의 것을 당신이 찾으시는 데 조금도 주저하실 필요는 없습니다. 쾌락은 몰래 얼마든지 만족시키면서도 표면은 냉정하게 보이게 하고, 세상의 눈을 가릴 수도 있을 것입니다. 즐겨 따르는 여자는 얼마든지 있습니다. 왕자에게 뜻이 있음을 알고 몸을 바치려는 여자를 모조리 탐식할 콘도르를 설마 전하 몸 안에 키우고 계시는 것은 아니겠지요.

맬컴 아니, 그뿐만이 아니오, 나의 나쁜 성정(性情) 속에는 그야말로 끝이 없는 물욕이 자라나서, 내가 만약 왕이라도 되면 영지를 탐한 나머지 귀족들의 목을 벨 것이며, 저자의 보석과 이자의 저택을 탐내고, 가지면 가질수록 욕망은 더욱 기갈이 들어 선량, 충실한 사람들에게 무도한 싸움을 걸어서 상대를 멸망시켜서라도 재물을 빼앗으려 할 것이오.

맥더프 과연 물욕 쪽이 뿌리 깊은 것입니다. 피었다 지는 여름철 욕정보다 유해한 뿌리를 박고 자라는 것이기는 합니다. 확실히 그것은 많은 왕을 쓰러뜨린 비수이기도 했습니다. 하지만 그렇다고 하여 걱정하실 건 없습니다. 스코틀랜드에는 전하의 영지에서만도 욕망을 충분히 채울 만한 재보가 있습니다. 염려하실 건 없습니다. 그 밖에 많은 미덕을 갖고 계시니까요.

맬컴 그런 것은 하나도 없소. 왕자에게 어울리는 모든 미덕, 예컨대 공정, 진실, 절제, 신념, 관대, 인내, 자비, 겸양, 경건, 억제, 용기, 불굴의 정신, 이 모든 것들은 약에 쓰려 해도 없소. 그 대신, 이 가슴속에는 갖은 죄업이 가득 차 있소. 그리고 그것을 종횡으로 조종하고 있소. 이런 사나이가 권력을 쥐면 마음을 온화하게 하는 달콤한 젖을 지옥에 쏟아버리고, 내외(內外)의 평화를 교란시켜,[60] 지상의 조화를 깨버리고 말 것이오.

맥더프 오, 스코틀랜드! 스코틀랜드!

맬컴 그러한 인간도 나라를 다스릴 자격이 있는지, 기탄없이 말해주오. 거짓말은 하지 않소. 나는 지금 말한 것과 같은 위인이오.

맥더프 나라를 다스릴 자격! 천만에요, 살아 있을 자격도 없습니다. 아, 비참한 국민들! 그 자격도 없는 폭군의 피로 물든 왕홀 앞에서 오직 무서워 떨고 있을 뿐, 언제 다시

---

60 맥베스가 마녀들에게 희망한 것처럼. 4막 1장 참조.

좋은 해를 맞을 날이 올 것인가? 정당한 왕위 계승자[61]는 자기 입으로 자신의 죄를 적발하여 존귀한 혈통을 모독하고 있으니. 전하의 선왕께옵서는 성자 같은 분이었습니다. 전하를 낳으신 왕후께옵서는 서 계실 때보다 무릎 꿇고 기도하실 때가 많으실 만큼 신앙심과 고행의 나날을 보내셨습니다. 안녕히 계십시오! 방금 전하 자신이 가지셨다고 열거하신 숱한 악덕, 그 덕분에 저와 스코틀랜드의 인연도 끊어졌습니다. 아, 이 가슴속, 마지막 희망도 사라져버렸다!

맬컴 맥더프, 그대의 진실한 마음에서 우러난 그 고결한 탄식이, 내 가슴에서 검은 의혹을 말끔히 지워버리고, 그대가 충성스럽고 명예를 존중하는 인사라는 것을 믿게 했소. 악마 같은 맥베스는 갖가지 간계를 써서 이 맬컴을 함정에 빠뜨리려 하고 있소. 그 때문에 나도 사람을 경솔히 믿지 않도록 경계할 수밖에 없는 것이오. 하지만 하느님이 우리 두 사람의 마음을 통하게 해주셨소! 이제부터라기보다 지금 곧, 나는 그대의 지시에 몸을 맡기고 아까 말한 비난을 취소하겠소. 나 자신에게 퍼부은 모욕, 악덕은 나와 아무런 관계도 없다는 것을 명백히 선언하오.[62] 나는 여자를 모르고 거짓 서약을 한 일이

---

61 맬컴.

62 오른손을 들어 엄숙히 맹세하는 맬컴의 말은 진실하다.

없으며, 자기의 물건조차 욕심내본 일이 없고, 한 번도 서약을 깨뜨려본 일이 없소. 상대가 악마일지라도 배반할 생각을 하지 않았으며, 목숨과 다름없이 진실을 사랑하고 있소. 마음에도 없는 거짓말을 한 것은 오늘이 처음이오. 본심을 말하겠는데 나는 그대와 참혹한 조국에 이 몸을 바치겠소. 바로 그 조국으로, 그대가 지금 여기 오기 전에 노(老) 시워드 장군[63]이 1만 정예(精銳)를 이끌고 위풍당당하게 출발했소. 자, 우리도 곧 뒤를 따릅시다. 이 훌륭한 대의명분에 지지 않는 승리를 거둡시다! 왜 아무 말이 없소?

맥더프 희망과 절망이 동시에 몰려와 어찌할 바를 모르겠습니다.

시의(侍醫)가 궁전에서 나온다.

맬컴 그럼 자세한 이야기는 나중에 또—폐하께서 나시옵니까?

시의 네, 그렇습니다. 불쌍한 사람들 무리가 폐하의 치료를 기다리고 있습니다.[64] 그들은 모두 중환자[65]들이어서 어

---

63 스코틀랜드 출격은 벌써 시작되고 있었다. 노 시워드 장군은 노섬벌랜드 백작. 영국의 에드워드 왕이 맬컴이 맥베스를 공략하는 것을 돕도록 그에게 명한 것이다. 3막 6장 참조.

떤 의료도 효과가 없습니다. 다만 폐하께옵서 한 번 손을 대시오면, 성스런 힘을 하늘에서 받으신 손이시라, 병자는 곧 낫습니다.

맬컴 시의님, 고맙습니다. (시의 퇴장)

맥더프 무슨 병 말씀입니까?

맬컴 '왕의 병'이라 불리는 괴질이오. 기적이라 할 수밖에 없소. 폐하께서 병을 고치시는 것이오. 영국에 체류하면서 나는 몇 번이고 그 현장을 목도했소. 어떻게 하나님이 그런 신통력을 내리셨는지 그 비밀은 그분만이 알고 계시오. 괴질에 걸려 온몸이 부풀어오르고 곪아서 의사도 손을 대지 못하는 것을, 폐하께옵서는 금화 하나씩을 병자들의 목에 걸어주시고 성스러운 기도를 올리며 고치십니다. 소문에 따르면 폐하께옵서는 이 축복받은 치유의 힘을 왕가의 자손들에게 전수하신다 하오. 이 영험스런 능력 외에도 폐하께옵서는 예언의 재능을 가지

---

64 성왕 에드워드와 잠주인 압제자 맥베스의 대조에 주의할 것. 3막 6장 참조.

65 '왕의 병'이라 불린 괴질을 가리킴. 이것은 18세기 초엽까지 왕이 손을 대면 낳는다고 생각되고, 그것이 실제로 행해졌다. 이것을 처음 시작한 것이 참회왕 에드워드라고 전해진다. 튜더 왕조(헨리 7세부터 엘리자베스 여왕까지, 1485~1603년) 때는 이것이 상당히 의식화되어, 왕이 손을 댄 다음에 그 목적을 위해 특별히 만들어진 금화(천사의 각인이 있음)로 환부 위에서 십자를 그었다. 제임스 1세(뱅코와 함께 참회왕의 자손)는 이 방법의 효력을 의심했고, 환부에 손대기를 싫어했지만, 정치적 의미를 고려하여 이것을 실시했다. 그는 환자가 금화를 목에 걸도록 하기만 하는 등 만사를 간소화했다. 그리고 병이 낫는 것은 오직 환자의 신앙심에 달렸다고 강조했다.

고 계시며 온갖 신의 은총이 왕좌를 둘러싸고 있는 것을 보면, 참으로 높은 덕을 지니신 분임을 알 수 있소.

로스가 다가온다.

맥더프 아, 저기 누가 오고 있습니다.

맬컴 의상을 보니 우리 나라 사람인데, 저건 누굴까.

맥더프 오, 로스, 반갑소.

맬컴 아, 이제 알겠소. 인자하신 신이여, 타국에서 서로의 마음을 소원하게 하는 장애물[66]을 속히 제거해주옵소서!

로스 그렇게 해주옵소서!

맥더프 국내 사정은 여전합니까?

로스 아, 처참한 나라입니다. 자기의 실정을 알기도 두려워할 지경입니다! 도저히 모국이라 부를 수 없소, 그것은 무덤이오. 아무것도 모르는 무지한 사람이 아니고는, 어디를 돌아보아도 웃는 얼굴이라곤 찾아볼 수 없습니다. 탄식과 신음, 비명이 천지를 뒤덮고 있지만, 아무도 거들떠보는 사람이 없습니다. 아무리 격렬한 비탄도 흔해빠진 광태로 취급됩니다. 장례 종소리가 울려도 누구냐고 물어보는 사람조차 없고, 선량한 사람들의 목숨은

66 맥베스의 여러 가지 흉악한 수단, 즉 맥베스 자신.

자기 모자에 꽂은 꽃[67]보다도 빨리 시들며, 병들 겨를도 없이 사람들이 죽어갑니다.

맥더프 너무 신랄하지만 그럴 것으로 생각하고 있었소!

맬컴 가장 새로운 참사(慘事)는 무엇이오?

로스 한 시간 전에 일어난 일을 심각히 이야기하고 있으면 옛날 일이라고 웃음거리가 됩니다. 1분마다 새로운 참사가 일어나고 있습니다.

맥더프 제 처는 어떻게 지내고 있습니까?

로스 무사하십니다.[68]

맥더프 그리고 어린것들은?

로스 역시 무사합니다.

맥더프 폭군도 아직 거기까지는 마수를 뻗치지 않고 있다는 말씀입니까?

로스 아직 모두 무사했습니다, 제가 떠나올 때까지는.

맥더프 말씀을 시원히 해주시오. 대체 어떻게 되었소?

로스 여기에 소식을 가지고 오는 도중[69] 제 마음은 무서웠지만, 소문에 따르면 수많은 정의감에 불타는 인사들이 궐기했다 하오. 폭군의 군대가 출동하는 것을 목격하고는

---

67 모자에 꽃을 꽂는 것은 엘리자베스 왕조의 풍습.

68 원문 'well'에는 '무사'와 '(천국에서) 편안히 (쉬다)'라는 두 가지 뜻이 있다. 슬픈 소식을 전하기 싫은 로스는 애매한 표현으로 피하고 있다.

69 로스는 맥더프의 질문에는 대답하지 않고 맬컴에게 말을 걸어 다시금 피한다.

더욱 그 소식이 사실일 것이라고 생각했습니다. 지금이야말로 원군을 보내야 할 때입니다. 전하께서 스코틀랜드에 모습을 나타내시기만 하면 병사들이 모이고, 여자들도 무기를 들고 일어설 것입니다, 그 미칠 듯한 괴로움을 몰아내기 위해서는.

맬컴 모두 기뻐할 것이오. 원군은 이미 출발했소. 인자하신 영국왕은 무용에 뛰어난 시워드 장군이 이끄는 1만 군사를 우리에게 붙여주셨소. 전 그리스도교 국가를 둘러보아도 그만한 백전 연마의 명장은 없을 것이오.

로스 이 기쁨에 어울리는 기쁜 소식으로 대답할 수 있다면! 유감스럽게도 제가 가지고 온 소식이라는 것은 듣는 사람도 없는 광야에서 허공을 향하여 외치기라도 해야 할 것입니다.

맥더프 무슨 일입니까? 전체에 관한 일입니까, 아니면 어느 개인의 가슴을 아프게 하는 슬픔입니까?

로스 진실한 마음을 가진 사람이라면 누구나 그 비탄을 같이 하지 않을 수 없을 것입니다. 주로 당신 개인에 관한 일입니다만.

맥더프 나에 관한 것이라면 그렇게 숨기지 말고 어서 말해주시오.

로스 들으신 그 귀로 저의 혀를 미워하지 말아주십시오. 그 귀가 아직 들어보지도 못한 슬픈 소식을 전해드려야겠으니.

장례 종소리가 울려도 누구냐고 물어보는 사람조차 없고,
선량한 사람들의 목숨은
자기 모자에 꽂은 꽃보다도 빨리 시들며,
병들 겨를도 없이 사람들이 죽어갑니다.
- 4장 3막

맥더프 아! 짐작은 하겠소.

로스 당신의 성은 불의의 습격을 받고 부인과 아기들도 무참히 참살되었습니다. 이 이상 그 광경을 말씀드리는 것은 참혹하게 죽은 유순한 사슴의 시체 위에 당신의 시체를 하나 더 쌓는 일이 될 것입니다.

맬컴 아, 신은 없는가! 맥더프! 모자로 얼굴을 가리지 마오.[70] 소리 내어 실컷 우시오. 슬픔을 말로 나타내지 않으면 속에 가득 차 마침내 가슴도 찢어지고 말 것이오.[71]

맥더프 어린것들도?

로스 부인, 자녀, 사환, 눈에 보이는 대로 모조리.

맥더프 그런데 나는 이 먼 곳에 있었다니! 제 아내도 살해당했습니까?

로스 그렇습니다.

맬컴 맥더프, 기운을 내시오. 먼저 원수를 갚고, 그것을 약으로 하여 이 참을 수 없는 아픔을 치유하는 수밖에 없소.[72]

맥더프 그에겐 자식이 없다.[73] 나의 귀여운 애들을 전부? 전부

---

70 당시 절망의 동작.

71 로마의 비극 작가 세네카(Seneca, 기원전 4년?~기원후 65년) 이래로 흔히 사용된 표현. 맬컴은 격언적 표현으로 맥더프의 마음을 진정시키려 한다.

72 하나의 감정을 쫓아내려면 다른 감정을 가지고 하는 것이 최상이라는 당시의 사고방식을 보여준다.

73 다음 세 가지 견해가 있다. ①맬컴에게는 자식이 없다. 그래서 그처럼 간단히 말할 수 있다. ②맥베스에게는 자식이 없다. 그러므로 그와 똑같이 자식을 죽여 복수할 방도는 없다. ③맥베스에게는 자식이 없다. 그렇기 때문에 이처럼 참혹한 짓을 할

라고 하셨소? 아, 지옥의 독수리![74] 애들을 전부? 그럼 나의 귀여운 병아리들과 어미 닭을 그 날카로운 발톱으로 한꺼번에 채갔단 말입니까?

맬컴 사나이답게 참으시오, 맥더프.

맥더프 그렇게 하겠습니다. 하지만 사나이이기 때문에 느끼기도 합니다. 그들이 있었다는 것을, 무엇과도 바꿀 수 없는 나보다 소중한 보물이었다는 것을 잊을 수 없습니다. 하늘은 그저 내려다보면서 그들 편이 되어주려고도 하지 않았단 말인가? 죄 많은 맥더프, 너 때문에 그들은 다 살해당했다! 이 얼마나 지지리 못난 악당인가, 나는. 그들은 아무 죄도 없이 오직 나의 죄 때문[75]에 그 참변을 당한 것이다. 하느님이시여, 그들을 고이 잠들게 하소서![76]

맬컴 이 원한을 검은 숫돌로 삼고, 비애를 분노로 바꾸시오. 낙담하지 말고 발분하시오.

맥더프 아, 눈으로는 여자처럼 울면서, 입으로만 대언장담할 수

수 있는 것이다. ②와 ③을 취하는 사람이 많지만, ①도 버릴 수는 없다. 판단은 독자 여러분께 맡긴다.

74 닭장을 습격하는 것으로 상상되는 무서운 맹금(猛禽), 즉 맥베스를 가리킨다.

75 스코틀랜드를 탈출한 것을 말하는 것이 아니라 자신의 죄 때문에 신이 그렇게 만들었다고 자책하는 것이다. 스코틀랜드를 탈출한 것은 나라를 위해 한 일이므로 죄가 아니다.

76 맥더프는 십자가를 긋는다.

있다면 얼마나 편하겠습니까? 하지만 하늘에 자비심이 있다면 모든 장애물을 제거하고, 스코틀랜드의 저 악마와 나를 지금 곧 대면하게 해다오. 이 칼이 닿는 곳에 그놈을 세워다오. 그래도 그놈이 그 칼날을 피할 수 있다면 천명(天命)이라 생각하겠다![77]

맬컴 사나이다운 말이오, 자, 영국 왕 어전으로 갑시다. 군세(軍勢)는 준비가 다 되었고, 남은 것은 하직 인사뿐이오. 맥베스는 이제 흔들기만 하면 떨어지는 익은 과실이오. 하늘의 제신(諸神)도 한편이 되어 우리를 격려해줄 것이오. 될 수 있는 대로 기운을 내시오. 아무리 긴 밤이라도 새지 않는 밤은 없으니까. (일동 퇴장)

---

77 그것은 하늘의 뜻이므로, 즉 자기가 그보다 죄가 많으므로.

5막

1장 던시네인, 성안의 일실

맥베스 부인의 시의와 시녀 등장.

시의 이틀 밤을 같이 지켜보았지만, 말씀하신 그런 일은 아직 없었습니다. 지난번에 왕후께옵서 일어나 걸어 다니신 것은 언제였습니까?

시녀 폐하께서 전장에 나가신 이래로 쭉 밤마다, 왕후께옵서는 별안간 침상에서 일어나셔서 자리옷을 입으시고, 장롱을 여시고, 종이를 꺼내시고, 그것을 접으시고, 거기에 무엇인지 글을 쓰시고,[1] 다시 읽어보시고, 그리고 봉하시고는 침상으로 돌아오십니다. 그런데 그동안엔 깊이 잠드신 채로 계시는 것입니다.

시의 그야말로 정신착란의 징후입니다. 잠드신 채로 깨어 계실 때와 같은 행동을 하시다니! 그러한 몽유병 속에서 걸어 다니시며 여러 가지 행동을 하시는 외에 무슨 말씀을 하시는 것을 들은 적은 없습니까?

시녀 그것만은 그대로 말씀드릴 수 없습니다.

시의 나한테야 상관없지 않겠어요? 그야말로 당연한 일입니다.

---

1 무엇을 쓴 것일까? 학자들의 의견은 가지각색이다. 독자 여러분 상상에 맡긴다.

시녀 시의님께나 누구에게나 말씀드릴 수 없어요. 제 말을 보증해줄 증인이 없는걸요.

맥베스 부인, 촛불을 들고 등장.

저 보세요. 지금 나오십니다! 언제나 저런 모양이십니다. 그리고 틀림없이 깊이 잠들어 계십니다. 여기 숨어서 주의하여 보세요.

시의 저 촛불은 어떻게 들고 나오십니까?

시녀 저 촛불은 늘 곁에 켜두고 계십니다.[2] 늘 촛불을 곁에 두라는 엄명이십니다.

시의 저 보세요.[3] 눈을 뜨고 계십니다.

시녀 네, 하지만 아무것도 보이시지는 않습니다.

시의 지금 무얼 하시는 겁니까? 보세요, 손을 심하게 비비고 계십니다.

시녀 늘 저러십니다, 손을 씻으시는 것처럼. 저렇게 15분쯤 계속하십니다.

맥베스 부인 아직도 여기 얼룩이 있다.[4]

---

2 건강할 때 암흑을 부른 그녀가(1막 5장) 심신이 쇠약한 지금은 암흑이 두렵다니 얼마나 풍자적인 이야긴가!

3 부인이 촛불을 놓는다.

4 맥베스 부인의 단절적인 대사는 모두 과거 그녀가 한 대사, 경험과 관련된다.

시의 가만히! 말씀을 하십니다! 그대로 적어두자, 잊지 않도록.

맥베스 부인 없어져라, 저주받은 흔적! 어서 없어지라는데! (종소리를 세는 셈으로) 하나, 둘[5], 아, 이제 그것을 해야 할 시간이다. 이 음산한 지옥! 뭐예요, 여보, 뭐예요! 무인이 겁을 내세요? 누가 안들 두려울 게 뭡니까? 우리의 권력을 비난할 자가 어디 있어요?[6] 하지만 그 노인의 몸에 그렇게도 피가 많으리라고 누가 생각했겠습니까?[7]

시의 지금 말씀을 들으셨소?

맥베스 부인 파이프의 영주[8]에게는 부인이 있었다. 지금은 어디에 가버렸을까? 아, 이제 이 두 손은 깨끗해지지 않을까? 그만두세요, 여보, 이제 그만두세요. 그렇게 겁을 먹으시면 모든 것을 망쳐버립니다.

시의 저런, 저런, 알아서는 안 될 것을 알아버렸습니다.

시녀 왕후께옵서는 해서는 안 될 말씀을 하셨습니다. 또 얼마나 더 많이 알고 계실지 모릅니다.

맥베스 부인 아직도 여기 피 냄새가 남아 있다. 아라비아의 향료를 모두 갖다 뿌려도 이 조그만[9] 손을 향기롭게 만들 수는

---

5 덩컨 살해 때의 신호 종소리. 2막 1장 참조.

6 폭군은 재판받지 않는다는 먼 옛날의 원칙.

7 2막 2장에서 덩컨의 방에 들어갔을 때 그녀의 놀라움.

8 맥더프. 맥더프 집안의 비극은 아직 알려지지 않은 듯하다.

9 어떤 학자는 이 '조그만 손'을 근거로 맥베스 부인을 왜소한 여성으로 생각한다. 여

아직도 여기 피 냄새가 남아 있다.
아라비아의 향료를 모두 갖다 뿌려도
이 조그만 손을 향기롭게 만들 수는 없다.
-5막 1장

없다. 아! 아! 아!

시의 땅이 꺼질 듯한 저 한숨! 마음속에 무거운 짐을 지고 계시는 것입니다.

시녀 아무리 높은 자리를 얻는다 해도, 이 가슴속에 저런 탄식을 가지고 싶지 않습니다.

시의 그렇지요, 아무렴, 그렇고말고요—.

시녀 어떻게 나으시도록 해드릴 수 없을까요?

시의 이 병은 내 힘으로는 어찌 할 도리가 없습니다. 하지만 몽유병에 걸린 사람도 마지막엔 편안히 눈을 감은 사람이 있습니다.

맥베스 부인 자, 손을 씻고 자리옷으로 갈아입으세요. 그렇게 창백한 얼굴을 하지 마세요. 아시겠어요, 뱅코는 이미 파묻힌 사람이에요. 무덤에서 나올 수가 없습니다.

시의 그랬나?[10]

맥베스 부인 침실로 가세요, 어서 침실로 가세요. 누가 대문을 두드리고 있습니다. 자, 자, 손을 이리 주세요. 해버린 이상, 이제 어찌할 수 없습니다. 어서 침실로 가세요, 자, 침

성 역을 소년이 맡았기 때문에 '손이 조그만' 것이라고 생각하는 학자도 있다. 하지만 '조그만'이라는 말에 그처럼 얽매일 필요는 없을 것이다. '아라비아의 모든 향료'와 '조그만 손'의 단순한 수사적 대조로 볼 수 없는 것도 아닐 것이다. 맥베스는 '망망한 대해'(2막 2장)와 자신의 손을 대조했지만, 부인은 여성답게 '아라비아의 모든 향료'와 '조그만 손'을 대조했다고 생각해도 좋을 것이다.

10 다시 새로운 사실을 알고 놀라는 시의.

실로. (퇴장)

시의 침실로 가셔서 저대로 주무십니까?

시녀 네, 곧 주무십시다.

시의 좋지 않은 유언(流言)이 돌고 있습니다. 부자연스러운 행위는 부자연한 번민을 낳는 것입니다. 병든 마음은 귀가 없는 베개에라도 그 비밀을 털어놓으려 합니다. 왕후에게 필요한 것은 의사보다 신부입니다. 하느님, 인간의 죄를 용서해주소서! 잘 보살펴 드리세요. 몸을 해칠 우려가 있는 물건은 가까이 두지 마시고, 항상 감시가 필요합니다. 그럼 안녕히 주무십시오. 눈도 마음도, 놀라운 나머지 온통 혼란해져 정신을 잃고 말았습니다. 생각되는 일도 있지만 입 밖에 낼 수는 없습니다.

시녀 안녕히 주무세요, 시의님. (두 사람 퇴장)

2장 던시네인 부근

북과 몇 개의 군기.

멘티스, 케이스네스, 앵거스, 레녹스 그리고 병사들 등장.

멘티스 영국군이 곧 도착할 것이오. 지휘는 맬컴 왕자님과 그의 숙부 시워드, 맥더프 세 분이오.

복수심이 그들의 가슴속에 불타고 있소. 그들의 깊은 원한은 죽은 사람조차도 분기시켜, 피비린내 나는 잔학한 전장으로 내닫게 할 것이오.

앵거스 아마 버남 숲 근처에서 그들과 합류할 것이오. 그들도 그 방향으로 진군하는 듯하니.

케이스네스 도널베인 왕자님도 형님과 같이 오실까요?

레녹스 아니요, 같이 오시지 않는 게 분명하오. 저는 귀족 명부를 모두 가지고 있소. 그중에는 시워드의 영식을 비롯하여 겨우 성년(成年)에 이른 젊은이들이 많이 끼여 있소.

멘티스 적의 동정은 어떻소?

케이스네스 맥베스는 던시네인 성에 견고한 방비 태세를 펴고 있소. 그를 미쳤다고 하는 사람도 있소. 그를 그다지 미워하지 않는 사람들은 분노의 아귀로 화했다고도 하오. 아무튼 확실한 것은 광란 상태를 질서의 끈으로 통어할 수도 없다[11]는 사실이오.

앵거스 맥베스는 마침내, 몰래 행한 수많은 살인의 피가 두 손에 달라붙어 떨어지지 않음을 알았을 것이다. 시시각각으로 일어나는 반란이 그의 불의 불충을 책하고 있소. 그의 휘하에 있는 자들도 단지 명령으로 움직일 뿐, 충성심 따위는 전혀 없소. 이제 왕위라는 것도 미끄러질

---

11 원문은 '그의 왕국을 뜻대로 통어할 수 없다'는 뜻과, '자기 자신의 감정을 억제할 수 없다'는 두 가지로 해석할 수 있다.

듯이 어깨에 매달려 있을 뿐, 거인의 의상을 훔쳐 입은 소인의 처참함을 맛보고 있을 것이오.

멘티스 그러고 보면 그자의 흐트러진 신경이 겁을 먹어 발작을 일으키는 것도 무리가 아닐 것이오. 자기 내부의 모든 기능이 자신을 책망할 테니까.

케이스네스 자, 출발합시다. 우리의 충절을 참다운 주인(맬컴 왕자)께 바치기 위하여. 병든 조국에 명의(名醫)[12]를 맞아, 구석구석까지 스며든 병독을 말끔히 씻어냅시다. 그 수술을 위해서라면 우리의 피를 최후 한 방울까지 바칩시다.

레녹스 물론, 있는 힘을 다하여, 존귀한 꽃에 이슬이 넘치게 하고 독초를 발본색원하기 위하여. 자, 버남의 숲으로 진군합시다. (일동 진군하면서 퇴장)

3장 던시네인, 성안의 내정

맥베스, 시의와 시종들 등장.

맥베스 이제 보고를 더 가져오지 마라.

배반자들은 모두 달아나게 내버려둬라.

---

12 '양약(良藥)'이라 번역할 수도 있다. 물론 맬컴을 가리킨다.

버남의 숲이 이 던시네인을 향하여 움직일 때까지는 나는 아무것도 두려울 것이 없다. 애송이 맬컴이 다 뭐냐? 그자도 여자가 낳은 인간이 아니냐? 이 세상의 미래를 투시하는 그 괴물들이 내게 명백히 이렇게 말했다. '두려워하지 마라, 맥베스. 여자가 낳은 자 중에는 네게 대적할 자가 없다.' 그러니 어서 달아나라, 배반한 영주놈들, 영국의 식도락가들[13]과 한패가 되어라. 나의 정신과 나의 영혼은 결코 의혹으로 흔들리거나 두려움 때문에 떠는 일이 없을 것이다.

시종 등장.

악마처럼 얼굴을 시꺼멓게 물들여라, 이 얼간이 같은 놈, 그 새파란 낯을 무엇에 쓸 테냐? 어디서 주워왔느냐, 그 거위 같은 낯짝을!

시종 저기 1만의—.

맥베스 거위가 몰려왔단 말이냐?

시종 아니오, 적군이옵니다, 폐하.

맥베스 네 낯가죽을 벗겨서 낯짝에 조금은 피가 돌게 하고 오너

---

13 셰익스피어의 원전인 홀린셰드의 《스코틀랜드 연대기》에 그렇게 되어 있다. 스코틀랜드보다 토지가 비옥한 영국 사람들 쪽이 미식가였다.

라! 이 겁쟁이 놈! 적군이라고 했지? 똑똑히 말해라, 어느 군대냐? 이 멍청이 놈! 죽어버려라! 하얗게 질린 네 낯짝을 보기만 해도 겁쟁이가 되겠다. 어느 군댄가 묻고 있지 않느냐?

시종 영국 군대이옵니다, 폐하.

맥베스 그 낯짝을 치워라, (시종 퇴장) 시튼! ―(생각에 잠겨) 기분이 나빠진다. 보기만 해도, 그런 낯짝―시튼! 없느냐!―이 싸움으로 모든 것이 결정된다―훤히 밝은 봄이 찾아오느냐, 아니면 이것으로 몰락이냐―나도 무척 오래 살아왔다. 나의 갈 길을 벌써 노란 낙엽들이 덮기 시작한다. 그런데도 이 노년에 어울리는 영예도 존경도 순종도 얻지 못하고 있다. 아니 조그만 우정조차 기대할 수 없다. 그 대신 소리는 낮지만 원한 깊은 저주와 아첨이 나라 안을 뒤덮고 있다. 이러한 것들을 어떻게든 물리치고 싶지만, 나의 약한 마음은 감히 그렇게 하지도 못한다. 시튼!

시튼 등장.

시튼 무슨 분부이십니까?

맥베스 새 소식은 없느냐?

시튼 지금까지 보고된 내용이 모두 사실이라는 것이 판명되었사옵니다.

맥베스 나는 끝까지 싸우겠다, 이 살이 뼈에서 떨어져나갈 때까지, 갑옷을 가져오너라.

시튼 아직 그러실 것까지는 없사옵니다.

맥베스 아니, 나는 입어야겠다. 기병을 더 보내어 빈틈없이 감시하게 하라. 공포심을 퍼뜨리는 놈은 모조리 사형에 처하라. 내 갑옷을 가져오너라……. (시튼, 갑옷을 가지러 간다.)

환자는 어떻소, 시의?

시의 병환 자체는 대단한 것이 아니옵니다만 연달아 일어나는 망상으로 고통을 받으시어 조금도 주무시지 못하십니다.

맥베스 그것을 고쳐주오. 그대는 마음의 병은 도저히 고칠 수 없단 말인가? 기억 속에서 뿌리 깊은 비탄을 뽑아내고 뇌리에 새겨진 고통을 지울 수는 없단 말인가? 그리고 만사를 잊게 하는 감미로운 약을 가지고 마음을 억누르는 무서운 돌을 제거하여, 가슴속을 시원하게 해줄 수는 없단 말인가?

시의 그것은 환자 스스로 하셔야 하옵니다.

시튼, 갑옷을 갖고 그 담당자를 데리고 돌아와, 담당자는 곧 맥베스에게 입히기 시작한다.

맥베스 그따위 의학은 개에게나 던져주어라.[14] 내게는 소용없다. 자, 갑옷을 입혀라. 내 지휘봉을 이리 다오. 시튼, 기병을 더 파견하라. 시의, 영주들이 죄 달아나고 있소.[15] (갑옷 담당자에게) 빨리 입혀라—시의 당신이 이 나라의 병세를 검사하고 병인을 발견하여, 독을 깨끗이 씻어 본래의 건강한[16] 몸이 되게 해준다면, 나는 얼마든지 박수갈채를 보내겠소—(갑옷 담당자에게) 그건 벗기라니까[17]—대황이든 센나든 무엇이든 상관없소. 이 나라에서 영국병들을 쓸어낼 무슨 설사약은 없소? 그놈들의 소문은 들었지요?

시의 네, 폐하께서 응전 준비를 하셔서 알고는 있사옵니다.

맥베스 (갑옷 담당자에게) 가지고 따라와. 나는 죽음도 파멸도 두렵지 않다.

버남 숲이 이 던시네인에 올 때까지는. (퇴장. 시튼 뒤를 따른다. 갑옷 담당자도 그 뒤를 따른다.)

시의 내가 던시네인을 떠날 수만 있다면 아무리 좋은 일이 생긴다 해도 다시는 이런 곳에 돌아오지 않겠다. (퇴장)

---

14 화가 난 맥베스는 시튼과 시의에게 번갈아 말을 걸고 있다.

15 매도했던 시의에게 다시 도움을 청하듯이.

16 대체 스코틀랜드가 언제 '건강체'였단 말인가?

17 아마 투구인 듯. 맥베스는 투구를 쓰지 않고 단호히 적과 대결하려는 것이다.

4장 버남 부근

북과 군기.

맬컴, 시워드, 맥더프, 시워드의 아들, 멘티스, 케이스네스, 앵거스, 레녹스,[18] 로스 그리고 병사들 진군하면서 등장.

맬컴 여러분, 우리가 집에서 편안히 잠잘 수 있는 날[19]이 드디어 다가왔소.

멘티스 모두 그렇게 믿고 있습니다.

시워드 저기 보이는 것은 무슨 숲이오?

멘티스 버남의 숲이라 합니다.

맬컴 병사들에게 각기 나뭇가지를 잘라서 자기 앞을 가리게 합시다. 그렇게 하면 우리 군사의 수효도 숨길 수 있고, 적의 척후병의 보고를 혼란시킬 수도 있소.

병사들 네, 곧 그렇게 하겠습니다.

시워드 그 폭군은 무엇을 믿고 그러는지 쥐 죽은 듯 던시네인 성에서 농성하며 우리의 공격을 기다리는 모양입니다.

맬컴 그것만이 유일한 희망일 것이오. 달아날 기회만 있으면

---

18 5막 2장의 맥베스를 배반한 사람들이 맬컴의 군사에 합류했다.

19 맬컴은 부왕 덩컨의 최후를 염두에 두고, 맥베스가 각 귀족 집에 들여보낸 스파이의 일을 생각하는 듯. 3막 4장 참조.

지위가 높은 자나 낮은 자나 모두 그를 배반하고, 그자와 함께 남아 있는 자들은 부득이한 사정이 있는 자들뿐이며, 그들의 마음 역시 들떠 있으니까요.

맥더프 그 추측이 들어맞아 그와 같은 결과가 되어야 할 테지만, 아무튼 우리는 군인으로서 본분을 발휘합시다.

시워드 우리의 것이라 확실히 말할 수 있는 것과 아직 우리의 것이 아닌 것을 구분하여, 그것을 우리에게 알려줄 시기는 다가왔소. 추측은 불확실한 희망을 말할 뿐, 확실한 결과는 격돌만이 결정해줄 것입니다. 자, 그 목적을 향하여 진군합시다. (진군하면서 퇴장)

5장 던시네인, 성안의 내정

맥베스, 시튼 그리고 북과 군기를 든 병사들 등장.

맥베스 바깥 성벽에 군기를 달아라. 아직도 '적이 왔다'고 외치고들 있구나. 이 성의 견고함은 적의 군세(軍勢) 따위에 코웃음 칠 것이다. 제멋대로 거기 주저앉아 있게 두어라. 기아와 열병으로 죽고 말 것이다. 우리 편 놈들이 그 놈들에게 가세하지만 않았다면 수염과 수염이 맞닿을 만큼 맹렬한 공격을 가하여 놈들을 영국으로 쫓아버렸을 것을. (안에서 여자들 우는 소리) 저 소리는 무슨 소리냐?

시튼 여자들이 우는 소리입니다,[20] 폐하. (퇴장)

맥베스 (독백) 나는 공포의 맛이라는 것을 거의 잊어버리고 말았다. 이전에는 밤공기를 찢는 듯한 비명을 들으면 오감이 선뜻한 때[21]도 있었고, 끔찍한 이야기를 들으면 머리칼이 살아 있는 듯이 쭈뼛쭈뼛 일어선 일[22]도 있었다. 하지만 이제는 두려움을 실컷 맛보았다. 공포는 살육에 길든 내 마음에 익숙해져 나를 놀라게 하지 못한다.

시튼이 돌아온다.

왜 울고들 있었느냐?

시튼 폐하, 왕후께서 돌아가셨나 봅니다.[23]

맥베스 그도 언젠가는 죽어야 할 몸이었다.[24] 이러한 소식을 들을 때가 한 번은 오리라고 생각하고 있었다. 내일이 오고,[25] 오늘이 가고, 그리하여 하루 하루가 작은 발걸음

---

20 두려워서 떨며 말한다.

21 1막 2장 참조.

22 1막 3장 참조.

23 짧은 1행—포즈—죽음의 침묵.

24 맥베스는 관례에 따른 기도의 말도 하지 않고 반 행 지껄이고 생각에 잠긴다.

25 이하 흔히 인용되는 유명한 대목으로 뼈를 씹는 듯한 허무감과 그것을 표현하는 맥베스적 상상력을 보여준다. 이러한 세상의 무상함을 노래하는 것이 엘리자베스 왕조 문학의 한 타입이었다.

으로 시간의 계단을 미끄러져 내려간다.[26] 이 세상의 종말에 도달할 때까지. 어제라는 날은, 항상 어리석은 자들이 티끌에 묻혀 죽어가는 길을 비춰준다. 꺼져라, 꺼져라, 잠시 동안의 밝음!

사람의 생애는 흔들리는 그림자에 불과하다. 자기가 나가는 짧은 시간만은 무대 위에서 장한 듯이 떠들지만, 그것이 지나면 아무도 알아주는 이 없는 가련한 배우[27]에 지나지 않는다. 그것은 백치가 떠드는 한바탕 이야기, 소란을 피우지만 아무 뜻도 없는 것이다.

사자 등장.[28]

또 혓바닥을 놀리러 왔겠지. 어서 말해봐라.

사자 폐하, 제 눈으로 본 대로 말씀드려야 할 것이온대 어떻게 말씀드려야 할지 모르겠사옵니다.

맥베스 어서 말해봐라, 자.

사자 제가 언덕 위에서 파수를 보다가 버남 쪽을 바라본즉, 별안간 그 숲이 움직이는 것같이 보였습니다.

맥베스 거짓말 마라, 이놈![29]

---

26 맥베스는 이렇게 말하면서 엘리자베스 왕조의 원형 무대를 빙빙 돈다.

27 흔히 쓰는 무대의 비유로, 자기 시간이 짧은 동정할 만한 배우를 뜻한다.

28 반 행. 맥베스의 긴 침묵. 사자는 들어왔지만 말을 하지 못한다.

29 맥베스가 사자를 후려친다.

사자 만약 그것이 거짓말이라면 어떠한 노여움도 달게 받겠사옵니다. 여기서 3마일쯤 되는 곳에서 정말 이쪽으로 오고 있습니다. 틀림없이 움직이고 있사옵니다.

맥베스 만일에 그것이 거짓말이라면 옆에 있는 이 나무에다 네 놈을 산 채로 매달아, 굶어 죽을 때까지 내버려두겠다. 만약 네 말이 사실이라면 나를 그렇게 해도 좋다. 내 결심도 흔들리기 시작했다. 어쩐지 의심스러워졌다. 그 마귀들의 애매한 말, 진실 같은 거짓말을 한 것이 아닐까? '두려워 마라, 버남의 숲이 던시네인 성을 향해 올 때까지는.' 그런데 그 숲은 지금 던시네인으로 오고 있다. 검을 들라, 최후의 일전(一戰)이다, 나가 싸우자! 이 자의 말이 사실이라면 달아나든 주저앉든 매한가지다. 나는 햇빛을 보는 것이 역겨워졌다. 확고한 이 세상의 질서여, 산산이 부서져라. 여봐라, 경종을 울려라! 바람이여 불어라! 파멸이여 덮쳐와라! 갑옷만은 입고 죽어주겠다. (일동 급히 퇴장)

6장 던시네인, 성문 앞

북과 군기.

맬컴, 시워드, 맥더프와 그 병사들, 손에 나뭇가지를 들고 등장.

맬컴 이제 됐소. 가렸던 나뭇가지를 버리고 모습을 나타냅시다. 숙부님, 훌륭하신 아드님과 함께 제1진을 지휘해주세요. 맥더프와 저는 예정대로 나머지 일을 맡겠습니다.

시워드 그럼 출발합니다. 오늘 밤[30]에라도 적병을 만나면 쓰러질 때까지 싸우겠소.

맥더프 자, 전군(全軍) 나팔을 불어라. 힘껏 불어라. 유혈과 죽음을 예고하는 요란한 나팔을 불어라. (일동 진군, 트럼펫 소리)

7장 같은 장소

맥베스가 성문에서 나온다.

맥베스 놈들은 나를 말뚝에 붙들어 매었다. 이제 달아날 수도 없다. 이렇게 된 바엔 곰놀이[31]나 다름없다. 달려드는 개의 무리를 물어뜯어주겠다. 한데 대체 어떤 놈이냐, 여자가 낳지 않은 놈이란? 그놈뿐이다, 내가 무서워하는 상대는. 그 밖에는 아무도 두렵지 않다.

---

30 '오늘 밤'이라고 말한 것은 전기(戰機)가 무르익는 것은 오후 늦게라는 것을 암시하기 위해서일 것이다.

31 줄에 매인 곰에게 맹견을 풀어 달려들게 한 영국의 옛 놀이.

시워드의 아들이 나온다.

젊은 시워드 네 이름은 무엇이냐?

맥베스 들으면 깜짝 놀랄 이름이다.

젊은 시워드 뭐라고? 불타오르는 지옥의 악마보다 무서운 이름을 대도 놀라지 않겠다.

맥베스 내 이름은 맥베스다.

젊은 시워드 악마 왕의 이름이라도 이처럼 증오를 느끼게는 하지 않을 것이다.

맥베스 그렇지, 이렇게 무섭지는 않을 것이다.

젊은 시워드 거짓말 마라, 이 더러운 폭군아. 이 검으로 네 거짓말을 증명해주겠다. (두 사람 싸운다. 젊은 시워드는 살해된다.)

맥베스 너는 여자가 낳은 자였구나. 어떤 검, 어떤 무기라도 여자가 낳은 놈이 휘두르는 것이라면 나는 코웃음 칠 뿐이다.

맥베스가 들어가자, 이내 그쪽에서 더욱 격렬히 싸우는 소리가 들려온다. 반대쪽에서 맥더프가 등장.

맥더프 저쪽에서 소리가 난다. 이 폭군, 낯을 보여라! 네놈이 죽어도 내 칼에 죽지 않으면, 죽은 내 처자의 망령이 평생 나를 떠나지 않고 따라다닐 것이다.

달려드는 개의 무리를 물어뜯어주겠다.
한데 대체 어떤 놈이냐, 여자가 낳지 않은 놈이란?
그놈뿐이다, 내가 무서워하는 상대는. 그 밖에는 아무도 두렵지 않다.
- 5막 7장

고용되어 창을 들고 다니는 가엾은 민병들[32]은 상대할 수 없다. 맥베스, 내 적은 네놈뿐이다.

네놈이 아니면 이 칼에 피 칠을 하지 않고 처음대로 칼집에 집어넣겠다. 음, 역시 저쪽이로구나. 저 요란한 소리는, 강한 자가 있다는 증거다. 운명의 신이여, 그놈을 만나게 해다오! 그 이상의 도움을 바라지 않겠다. (맥베스가 들어간 쪽으로 퇴장. 안에서 북과 트럼펫 소리)

맬컴과 시워드가 나온다.

시워드 이쪽입니다. 성은 어렵지 않게 함락되었습니다. 폭군의 부하들은 두 파로 나뉘어 싸우고, 우리 영주들도 용감히 있는 힘을 다해 싸웠습니다. 승리는 이미 태자님의 것이며, 이제는 별로 할 일도 없는 것 같습니다.

맬컴 적이면서 일부러 우리를 피하는 자들도 많았습니다.

시워드 자, 성으로 들어가십시오. (두 사람 성문으로 들어간다. 북과 트럼펫 소리)

---

32 1막 2장 참조. 역적 맥도널드와 마찬가지로 맥베스도 아일랜드의 민병을 사용하지 않을 수 없었던 것이다.

8장 앞 장과 같음

맥베스가 돌아온다.

맥베스 누가 로마의 어리석은 자들[33] 흉내를 내어, 내 칼에 죽겠는가? 살아 있는 상대가 눈에 띄는 한, 그놈들을 쳐 죽이는 편이 훨씬 낫다.

맥더프가 그를 뒤쫓아 온다.

맥더프 게 있어라, 지옥의 개, 게 있어라.

맥베스 누구보다도 네놈만은 피해왔는데.[34] 물러가라.[35] 내 마음은 네놈 일족의 피를 너무 많이 빨아 마셨다.

맥더프 나는 말을 하지 않겠다. 이 검한테서 들어라, 이 피에 미친 극악무도한 살인귀! (두 사람 격렬히 싸운다. 안에서 북과 트럼펫 소리)

맥베스 아무리 몸부림쳐도 헛수고다. 그 검이 아무리 예리해도

---

33 로마인의 전통에 따라 적에게 항복하기보다 오히려 자살을 택한 로마의 용사들. 브루투스, 카토스, 마크 안토니오 등.

34 4막 1장의 환영 3의 유혹의 말 참조. 동시에 계속되는 대사로도 알 수 있듯이, 맥더프 집안 사람들은 많이 죽였기 때문에 너까지 죽이고 싶지 않다는 생각.

35 맥베스가 말한 유일한 인간적 대사라고 하는 학자도 있다.

허공을 벨 수 없는 것과 같이, 내 피를 흘릴 수는 없을 것이다. 이왕이면 네가 칠 수 있는 상대에게 검을 휘둘러라. 내 목숨에는 마술이 걸려 있다, 여자가 낳은 놈에겐 결코 당하지 않는다는.

맥더프 단념해라, 그따위 마술, 네놈이 소중히 받들어온 악마의 앞잡이들에게 다시 한번 물어봐라. 이 맥더프는 어머니 배를 가르고 달이 차기 전에 나왔단 말이다.[36]

맥베스 그런 말을 지껄이는 혓바닥에 저주가 있으라. 그 한마디로 나의 사나이다운 용기가 꺾였다! 거짓말하는 악마들을 이제 믿지 않겠다. 이중의 뜻이 있는 애매한 말로 사람을 농락하여 약속의 말은 지킨다고 하면서 그에 희망을 걸면 깨버리는구나. 나는 네놈을 상대하고 싶지 않다.

맥더프 비겁한 놈, 그러면 항복해라. 살아서 세상의 구경거리가 되어라. 진기한 괴물처럼 네 화상을 높이 걸고, 그 밑에 '이 폭군을 보라' 고 써주겠다.

맥베스 항복은 않겠다. 누가 무릎을 꿇어 풋내기 맬컴의 발을 핥고 어리석은 무리의 욕설을 곰처럼 가만히 듣고만 있겠느냐.

버남의 숲이 던시네인 성에 육박하든, 여자가 낳지 않은 네놈이 대적해오든, 나는 최후까지 싸우겠다. 이렇게

---

36 제왕절개로 출생한 맥더프는 '자연스럽게' '보통의 의미로' 출생한 것이 아니다. 놀란 맥베스는 곧 대사를 잇지 못한다.

내가 의지하는 방패도 내던진다. 달려들어라, 맥더프, '잠깐, 졌다' 고 먼저 소리 지르는 자는 지옥에 떨어진다. (두 사람 성벽 밑에서 싸운다. 맥베스 드디어 칼에 맞아 죽는다.[37])

9장 던시네인, 성안

전투 중지를 알리는 트럼펫.

북과 군기, 이어 맬컴, 시워드, 로스, 그 밖의 영주와 병사들 등장.

맬컴 여기에 보이지 않는 전우들이 무사히 돌아와주었으면 좋겠소.

시워드 다소의 출혈은 부득이한 일입니다. 하지만 이렇게 둘러본 바로는, 이 대승리에 지불한 비용은 의외로 적습니다.

맬컴 맥더프가 보이지 않습니다. 그리고 아드님도.

로스 영식께서는 무인의 의무를 다하셨습니다.[38] 아직 성년에도 달하지 못하셨는데 어른도 못 따를 용감한 활약으로 한 걸음도 물러나지 않고 싸우시어 사나이답게 전사

---

37 싸움은 무대 중앙에서 시작되는데, 점점 무대 안으로 접근, 넘어진 맥베스의 시체는 무대 안의 커튼으로 가려진다.

38 무인은 그 본분을 다하기 위하여 목숨을 버린다는 맹세를 한다.

하셨습니다.

시워드 아, 전사했소?

로스 네, 유해는 이미 전장에서 옮겨놓았습니다. 그만큼 훌륭하신 아드님이시라, 장군의 슬픔은 이루 헤아릴 수 없겠습니다만 그러셔서는 끝이 없습니다.

시워드 상처는 정면에 받았소?[39]

로스 네, 이마에.

시워드 그래요, 그렇다면 무인으로 신의 곁으로 갈 수 있다! 비록 머리카락만큼 많은 아들이 있다 할지라도 그 이상 훌륭한 최후를 바라지 않겠소. 이 말은 그의 조종 소리로 삼겠소.[40]

맬컴 아니오, 그것으로는 모자랍니다. 이 몸이 대신 애도의 뜻을.

시워드 이제 충분합니다. 자기 의무를 다하고 훌륭히 전사했다 합니다. 이제는 신의 곁에! 아, 저기 기쁜 소식이 온 것 같습니다.

맥더프가 나타난다. 깃대 위에 맥베스의 머리를 매달고 있다.

맥더프 국왕 만세! 이제는 국왕이 되셨사옵니다. 이것을 보십

---

39 '적에게 뒤를 보이지는 않았소?'

40 슬픔을 억제하는 시워드의 면목이 드러난다.

시오, 저주받은 왕위 찬탈자의 머립니다. 자유로운 세상이 왔습니다. 폐하의 주위는 왕국의 영웅호걸들로 빛나고 모두 제 축사에 환호하려고 가슴이 부풀어 있습니다. 그들의 축사를 제가 먼저 소리 높이 외치겠습니다. 스코틀랜드 국왕 만세!

일동 스코틀랜드 국왕 만세! (트럼펫 취주)

맬컴 시간을 허비하지 않고 여러분 한 사람 한 사람의 충성을 헤아려 응분의 보답을 할 작정이오. 나의 영주들과 친족은 백작으로 서훈하겠소. 이것은 스코틀랜드 왕이 주는 최초의 영예요. 새로이 시작되는 이 시대의 새벽을 맞기 위해 먼저 해야 할 일이 있소. 폭군의 감시가 엄중한 함정을 벗어나서 외국에 몸을 숨긴 동포들을 불러들이는 일, 죽어버린 이 살육자와 아귀 같은 왕비, 그녀는 자신의 흉포한 손으로 자기 목숨을 끊었다고 하는데, 그들의 잔학한 앞잡이들을 재판정에 끌어내는 일이오. 이 일과 그 밖에도 무슨 일이건 필요하다면, 자비로우신 신의 가호를 얻어 수단과 시간, 장소에 적합하게 실행하겠소. 무엇보다도 여러분에 깊이 감사하고, 스쿤[41]에서 벌어지는 대관식에는 빠짐없이 참석하기를 바라오. (트럼펫 취주. 모두 행진하면서 퇴장)

---

41 2막 4장 참조.

작품 해설

셰익스피어의 비극 〈맥베스〉

〈맥베스〉는 1605년(작자의 나이 42세가 되는 해) 처음 붓을 들어 이듬해에 완성된 것으로 추측되는, 이른바 '셰익스피어 4대 비극' 작품 가운데 하나다. 그리고 여타의 3개 비극 작품 〈햄릿〉〈오셀로〉〈리어왕〉 다음으로 제작되었으리라고 보는 게 대다수 학자들의 견해다.

이 작품은 셰익스피어의 극 작품 중에서 가장 짧은 것으로, 가장 긴 〈햄릿〉과 비교하면 약 절반에 해당한다. 또 이 작품은 1612년의 폴리오판에만 실렸을 뿐이어서, 달리 비교해볼 근거가 없는 일종의 불완전한 텍스트다. 1603년 영명(英明)한 군주 엘리자베스 여왕이 승하하자 후계자가 없던 까닭에 스코틀랜드의 제임스를 불러다가 왕으로 앉히게 되어 세상 이목이 스코틀랜드에 쏠리고 있었던 만큼 셰익스피어는 의도했든 의도하지 않았든 이런 시사적(時事的)인 측면에서도 성공을 거둔 셈이었다.

비극 〈맥베스〉는 이른바 '양심의 비극'이다. 맥베스 대신 이아고가 그 역할을 맡았다면 아마 비극이 되지 않았을 것이다. 이아고는 양심의 귀띔이란 것을 모르는 사람이었다. 〈맥베스〉가 양심의 비극이라는 가장 웅변스러운 증거는 작가의 또 다른 작품 〈리처드 3세〉하고 견주어보면 확연히 드러난다. 양심이라고는 거의 찾아볼 수 없는 리처드 3세와 달리 맥베스는, 문제의 심각성이 단지 왕위를 빼앗아서 그것을 지탱해나가는 외형적인 데 있지 않고 실로 영혼의 사멸 여부에 직결된다는 점에 있다고 하겠다. 말하자면 영원히 지옥에 떨어지느냐 않느냐의 문제이다.

비극 〈맥베스〉의 장면은 대개 밤이다. 여기서 밤의 신비로움과 무서움이 새삼 주목을 끈다. 외적 노르웨이 왕과 내통한 반란군을 토벌한 맥베스와 뱅코가 개선장군으로 돌아오는 길에 황량한 벌판을 지날 무렵은 해가 저무는 초저녁이었다. 두 사람은 안팎에 걸친 국란에 즈음해 조국의 흥망을 판가름하는 싸움에 승리한 장군답게 의기충천해서 귀로를 재촉하고 있었다. 더욱이 맥베스의 안중에 덩컨 왕 따위는 보이지 않는다. 나이 60에 가까운 국왕 덩컨은 신체적으로는 건강했지만 성품이 너무나 유약해서 줏대 없는 지배자 구실밖에 못할 듯싶었다. 왕이라는 존칭 하나만 제외한다면 맥베스가 당장에 그 자리를 가로채어 가질 수 있는 나약한 사나이에 지나지 않았다. 또 이번 전쟁의 승리는 맥베스가 왕이 되어도 무방할 만한 훈공이 아닐 수 없었다. 그뿐 아니라 맥베스 역시 왕족 출신이고 보면 왕위를 계승할 권리가 얼마쯤은 있는 사람이었다. 전란의 소용돌이 속에서 영웅의 심중에 오가는 야망은 평화시의 일상적인 윤리의 척도와는 아예 관계가 없는 법이다.

기고만장해서 말발굽을 나란히 하고 돌아오던 두 장군은 황량한 벌판에 들어서자 괴상한 마녀 세 사람을 만난다. 요사한 마녀들은 어둠침침한 바위 그늘에 모여 앉아 다가오는 개선장군을 지켜보고 있었다. 그들은 소택지(沼澤地)의 독기와 밤의 고약한 바람, 인간의 시기심 같은 것에서 생겨난 악의 화신이다. 그렇다고 그들이 악을 직접 실천하지는 않는다. 사람의 마음에 악한 짓을 하도록 충동하는 일을 할 뿐이다. 그러니까 마녀들은 어떤 의미에서 보면 우리의 마음속에 숨어 있는 죄악의 욕구(sinful desire)를 구체적으로 나타내는 존재라고도 할 수 있다. 마녀들은 맥베스에게 '원래 있지도 않은 악의'를 심어주기 위해 나타난 것이 아니라, 맥베스의 기고만장한 마음속에 싹트고 있는 '분명한 악의'를 부채질하기 위해 나타난 것이다. 작자는 이 언저리의 미묘한 사정을 극화(劇化)하는 데 무심하지 않다. 맥베스의 입을 거쳐 나오는 첫마디 말—"이렇게 음산하고 좋은 날은 처음 봤어(So foul and fair a day I have not seen)"라는 말은 마녀들의 다음과 같은 노래에 대한 대꾸라고 볼 수 있다.

예쁜 건 추한 것, 추한 건 예쁜 것.
자, 안개와 더러운 공기 속을 날아가자.

'깨끗한 것이 더럽고, 더러운 것이 깨끗하다' 는 말은 작품 〈맥베스〉의 특이성을 가름하는 중요한 대사다. 우선 가치 기준의 상실 내지는 혼돈 상태. 무엇이 선이고 무엇이 악이냐 하는 분별의 바탕이 흔들리는 과도기에는 이와 같은 마녀로 상징되는 비리가 인간을 지배한다. 비리의 수렁을 헤매다가 마침내 멸망하고 마는 주인공의 운명이 이렇듯 연극 첫머리에서 인상적으로 암시되고 있다.

마녀들이 나타난 것을 처음으로 알아차린 사람은 맥베스가 아니라 뱅코인데, 그가 누구냐고 묻는 말에 그들은 대꾸하지 않고 거칠게 튼 손가락을 주름살투성이 입술에 대고 아무 말도 묻지 말라는 시늉을 해 보인다. 그러니까 자기네가 영접하러 나온 건 뱅코가 아니라 맥베스라는 뜻이다. 이어 맥베스가 너희는 누구냐고 말을 걸자 세 마녀들은 당장에 입을 연다.

1. 마녀 1 맥베스 만세! 글래미스 영주께 축복을 드립니다.
2. 마녀 2 맥베스 만세! 코더 영주께 축복을 드립니다.
3. 마녀 3 맥베스 만세! 장차 왕이 되신 분!

마녀 1은 글래미스의 영주라는 과거 신분의 맥베스로, 마녀 2는 현재의 신분(코더의 영주)의 맥베스로, 마녀 3은 미래의 신분(국왕)을 예고하는 식으로 각각 축하 인사를 한다. 비극의 씨는 마녀 3의 말에서 싹을 틔운다.

뱅코는 세 마녀의 인사말을 대수롭지 않게 여기고 심신의 피로에서 생겨난 하찮은 환각쯤으로 스쳐버리는데, 맥베스는 마음에 깊은 충격을 받아 거의 넋을 잃고 곁에 동료가 있는 것도 까마득히 잊은 형편이었다. 이때 국왕 덩컨이 보낸 사신이 달려와, 맥베스의 이번 훈공을 치하한다는 왕의 뜻을 전하고 아울러 새로이 코더 영주에 봉한다는 왕명을 알린다. 코더의 먼젓번 영주는 반란군에 가담한 탓으로 토벌되어 그 영토가 빈터로 남아 있었는데, 전쟁터에 있던 맥베스로서는 그동안 이런 결정이 내려진 것은 전혀 알지 못했다. 이 일 때문에 그는 일순간 크나큰 착각에 사로잡혀 '두 가지 점괘는 맞아떨어졌구나(Two truths are told)' 하면서, 앞으로 크나큰 행운이 닥쳐올 것을 기대한다.

맥베스의 심경을 왜 착각이라고 규정해야 할까?

마녀들의 말은 이상한 것 같으면서도 전혀 이상하지가 않다. 맥베스는 원래 글래미스의 영주다. 따라서 마녀가 글래미스의 영주라고 불렀다 해서 이상할 까닭이 없다. 다음에 코더의 영주에 이르러서는, 왕이 맥베스를 코더 영주로 봉하겠다는 뜻을 밝힌 것이 이 작품 1막 2장 끄트머리였으니까 마녀의 장면보다 앞서 있던 일이어서 마녀들이 이 사실을 들었을지도 모르는 게 아닌가. 그렇다면 마녀들의 점괘가 구태여 점괘랄 수도 없다. 객관적으로 생각해서 마녀들의 말은 마녀 3의 것 외엔 예언다운 예언이 될 수 없으련만 앞서 두 가지가 적중했다 해서 나머지마저 그러하리라고 믿는 수작이 무서운 야망의 반영이라고 볼 수밖에 없다. 그런 야망의 불씨에 부채질을 해준 것이 마녀의 말이자 맥베스의 자기 최면적 착각이다.

35~36세로 여겨지는 맥베스 부인은 신경이 날카롭고 의지가 강하지만, 몸은 연약한 여성인 듯하다. 그 여자는 전에 아이를 가진 적이 있으나 지금은 죽었는지 슬하에 아무도 없다. 출전하고 집에 없는 남편을 기다리며 본국의 거성(居城)에 있던 중 남편이 보낸 사람이 그의 편지를 가지고 온다. 편지에는 경사스러운 승리의 기쁨만이 아니라 마녀들의 이상한 예언이 자세하게 적혀 있고, 마지막 대목에 이르러서는 "이 일을 나는 당신에게 알리는 것이 좋겠다고 생각했소. 나의 가장 사랑하는 위대한 반려자여, 당신이 장래에 당신에게 얼마나 위대한 것이 약속되어 있는지도 모르고 당연히 받아야 할 기쁨을 놓쳐서는 안 될 것이오. 다만 이 일을 가슴속 깊이 간직해야 하오"라고 말하지 않는가.

맥베스 부인은 편지를 읽자마자 모든 일이 그 예언대로 되어가리라, 아니 그렇게 되어가도록 해야 한다고 다짐한다. 그리고 수단과 방법을 내심 침착하게 궁리하고 실제로 행동에 옮기는 절차 마련에 착수한다. 더욱이 남편의 약점을 아는 맥베스 부인은 자신이 보충해야 할 역할에 대해 굳은 결의를 한다.

한편 맥베스는 마흔에 가까운 나이의 '군신의 신랑(Bellona's bridegroom)'이라고 불릴 만큼 용감한 무장이다. 체격도 건장하지만 자주 환각에 사로잡히고 미신에 빠지는 경향이 있다.

그는 리처드 2세나 이아고와 같은 철저한 악인은 아니었다. 도덕의식을 말끔히 털어버리고 야심 쪽으로 모든 것을 바칠 수가 없었다. 섣부른 선심이 매사에 훼방을 놓아서 계획은 제법 세우지만 정작 실행하는 대목에선 충동적이며 맹목적이다. 맥베스 부인이 "당신은 위대해지기를 원하시며, 야심이 없으신 것도 아니지만, 그것을 조종할 사악한 마음이 없습니다. 몹시 원하시는 것을 정당한 방법으로 이루려 하십니다. 잘못은 범하지 않으려 하면서 부당한 것을 바라십니다"라고 말하는데, 잘 꿰뚫어본 견해다.

욕망을 채우려는 무리한 수단, 그리고 무리한 수단으로 잡아쥔 욕망이 도대체 어떤 것일까.

우리는 그것을 미리 상상해보지 않을 수 없다. 맥베스 역시 어느 정도는 상상을 한다. 그러나 맥베스 부인은 거의 상상할 줄 모른다. 그 여자는 남편의 기질을 알지만, 다른 여자들처럼 상상적이기보다 실제적이었다.

그렇다고 맥베스 부인이 금관을 쓰기 위해 남편을 충동질해 일을 저지르게 했다고 생각하는 건 잘못이다. 다만 맥베스는 성격상 우물쭈물하는 반면, 맥베스 부인은 단호하게 실천을 다그치고 나서는 여인일 뿐이다.

국왕 덩컨은 맥베스와 뱅코의 훈공을 기뻐하며 특히 맥베스의 공을 높이 치하해서 그를 코더의 영주로 승진시키고, 맥베스에 대한 자신의 신임을 증거해 보일 셈으로 그 거성에 행차하기로 한다. 이 소식은 남편의 편지를 보고 넋을 잃은 듯 명상에 잠긴 맥베스 부인에게 전달된다. 이어 개선하고 돌아오는 남편을 맞아 맥베스 부인은 "아, 그 내일은 태양을 결코 볼 수 없을 것입니다"(1막 5장)라고 당장 왕관을 얻는 손쉬운 방법을 실행할 것을 결심한다.

이런 흉계가 진행되는 줄은 꿈에도 생각지 못한 덩컨 왕은 만면에 웃음을 띠고 맥베스의 거성에 행차해서 마침내 크나큰 향연이 벌어진다.

밤은 깊어간다. 열두 시를 치자 향연이 끝났다. 왕과 신하들도 행려(行旅)의 피로에 술이 겹쳐 저마다 정신없이 잠에 빠지고 말았다. 깨어 있는 사람은 맥베스 부부뿐이었다. 환각에 빠지기 잘하는 맥베스의 눈에는 단검 두 자루가 허공에 매달려, 이리로 오라고 덩컨이 자고 있는 방을 가리켜 보이는 듯했다. 신호 종이 울렸다. 맥베스는 단검의 뒤를 따라 쏜살같이 내전으로 뛰어가 어둠 속에 사라졌다.

이에 대신해서 술에 반쯤 취한 맥베스 부인이 나타난다. 그처럼 담찬 여자지만 그 순간만은 술의 힘을 빌린 것이다. 맥베스는 왕의 침소에 들어가 끝내 일을 저지르고 돌아와 부인에게 자세한 경과를 얘기한다.

그런데 바로 이때 어디선가 탕, 탕, 탕 문을 두드리는 소리가 들려온다.

야밤의 적막을 깨뜨리고 문을 두드리는 소리를 도입해서 비극의 깊이를 고조시킨 셰익스피어의 수법은 〈오셀로〉(5막 2장 데스데모나를 살해하는 장면)에서도 보이지만, 〈맥베스〉에서 이 노크 소리는 유달리 탁월한 효과를 주고 있다. 사실은 지난밤 왕명에 따라 일찍부터 눈을 뜬 맥더프와 레녹스가 문안차 들어와서 문을 두드리는 소리일 것이다. 극적인 효과에서 따진다면 그건 곧 신의 노크 소리다. 인간 사회에 질서를 주는, 저 우주와 인류의 크나큰 법칙이 두드리는 셈이다. 탕, 탕, 탕……. 그건, 지옥 맨 밑바닥에서 솟구쳐 오는 무시무시한 신음처럼 뿌리 깊게, 몸서리나게 우리 귀를 거쳐 마음속 깊숙이 스며온다. 사람은 이 소리를 귀담아들을 수 있는 까닭에 인간 사회를 이뤄간다. 이아고는 이 소리를 듣지 못하거나, 일부러 귀를 가리고 듣기를 원하지 않는다.

탕, 탕, 탕. 문의 신비성—밤과 낮의 갈림길. 삶과 죽음의 경계선. 무거운 문을 사이에 두고 사람을 죽이고 군왕을 시해한 밤과, 이 사실을 밝은 곳으로 끌어내려는 낮이 서로 맞서고 있다. 이승과 저승을 갈라놓는 문. 아직 만취 상태에서 깨어나지 못한 얼간이 문지기가 비몽사몽간에 지옥문을 지키는 기분으로 횡설수설 늘어놓는 농지거리. 과연 예술의 극치를 보여준다.

드디어 성문이 열린다. 언제나와 마찬가지로 현실의 일상적인 세계가 전개된다. 벌써 동녘 하늘은 훤하게 밝아오고 열병에 몸부림친 듯한 밤은 서서히 물러서고 있다. 동시에 대역 사건은 탄로가 난다. 아수라장으로 바뀌는 맥베스의 거성. 그 혼란 속에서 맥베스는 눈앞에서 우왕좌왕하는 두 시종을 살인의 하수인인 척 단

칼에 베어버린다. 그러자 이들을 교사한 죄목을 자신들에게 덮어 씌울 술책임을 알아차린 두 왕자는 신변의 위험을 피해 재빨리 도망친다.

이 시역 사건에서 맥베스에게 어느 정도 의심을 품지 않은 사람은 없었으나 힘이 곧 정의인 양 판을 치는 형편에 아무도 감히 노골적으로 그에게 혐의를 걸고 나서지 못했다. 맥베스 부부의 각본대로 왕관은 그들에게로 돌아간다. 그리고 3막의 첫 고비에서 장엄한 음악 소리에 따라 뭇 신하들을 거느리고 왕관을 쓴 맥베스가 부인의 손을 붙잡고 나타날 때는 모두 쥐 죽은 듯이 입을 다물고 있었다. 맥베스는 이 크나큰 일을 결행하기 직전에 몇 번이나 망설였다. 그러나 부인의 성화에 못 이겨 비상한 힘을 내어 마침내는 성사시키기에 이르렀다. 그렇지만 일을 치른 뒤 단검을 제자리에 갖다놓기 위해 그 방에 들어갈 용기는 없었다. 자신이 저지른 일의 무서운 결과를 다시 한번 눈으로 보아야 했기 때문이다. 그는 피를 보는 순간 뉘우치고 자신이 한 일을 후회했다.

그러나 날이 밝아 동료들과 마주 서자 그의 용기는—부인이 걱정할 필요도 없이—회복되어 여러 장성들 앞에서 사후 처리를 하는 데 늠름하고 의연한 수완을 보인다. 그런데 이제 왕위에 올라 왕관을 쓰고 보니 새삼 불안과 근심이 골수에 배어든다. 이 자리에만 앉으면 세상에 다시 바랄 것이 없다 싶었는데…….

맥베스는 왕을 죽임과 동시에 자신의 가장 중요한 것을 죽여버렸다. 그는 왕을 살해한 순간, 어디선가 "이제 잠을 이룰 수 없다!

맥베스가 잠을 죽였다"고 외치는 소리를 들었다고 말한다. 이렇게 해서 영영 잠을 잃은 그의 몸이—또한 정신이 어찌 황폐하지 않으랴. 잠을 죽인 그는 밤이 깊어 인적이 고요해지면 회한의 아픔을 가누지 못하고, 죄의식은 거머리처럼 날이 갈수록 가슴속으로 파고들어와 떨어지지 않았다. 그러는 동안 부인하고도 멀어졌다. 부인은 부인대로, "모든 것은 헛일이다. 소망을 이루어도 만족을 얻을 수 없으니"(3막 2장) 하며 한숨으로 나날을 보냈다.

이 다음부터 극은 급전직하 맥베스를 멸망의 나락으로 몰아간다. 하나의 악행이 또 다른 악행을 낳고 새로 나타난 악행은 먼저의 악행과 더불어 더욱 처참한 악행으로 번져, 맥베스 주변엔 누구 하나 심복으로 삼을 만한 사람이 없었다. 부인 또한 저지른 죄의 무게에 짓눌려 정신착란을 일으키고 끝내는 몽유병자처럼 촛대를 들고 무대 위를 비틀거리며 살인 장면의 재연을 연상시키는 처참한 동작과 중얼거림을 자행한다.

덩컨의 장남 맬컴이 이끄는 복수 군대가 자신의 왕궁에 공격해오는 운명의 순간 맥베스는 마침내 인생무상을 깨닫는다. 부인도 세상을 뜨고 권세와 영화도 일시의 꿈인 듯 도와주는 사람의 그림자 하나 없고 오직 죽음만이 닥쳐오고 있었다. 그는 이제 죽을 장소나 찾아야 할 처지였다. 언뜻 눈여겨보니 맥더프 장군이 대들지 않는가. 가능하면 그와 대결은 피하고 싶었다. 무서워서가 아니다. 죄 없는 그의 처자를 학살한 자신의 양심이 차마 그에게 같은 칼을 겨누는 것을 달가워하지 않았기 때문이다. 그러나 필경 그와 대결하지 않을 수 없었고 원한이 사무친 맥더프의 칼에 맥베스는 쓰러지고야 만다. 이어 왕위는 다시 맬컴에게 돌아가고, 어둡고 차가운 밤은 바야흐로 밝기 시작한다.

끝으로 이 작품의 특징을 간단히 추려보자.

1) 마녀가 출현한다 : 초자연적인 마녀의 출현은 이 작품 말고도 얼마든지 찾아볼 수 있지만, 〈맥베스〉에선 환경과 성격의 접촉이 가장 교묘하게 취급되고 있다. 미신을 좋아하는 북쪽 스코틀랜드, 더구나 사람을 미신으로 몰아가기 쉬운 전란의 시대다. 흔히 진한 안개로 뒤덮인 황혼 무렵이나 깊은 밤, 마녀들이 그곳에 나타난다. 만약 마녀들이 나오지 않았으면 맥베스는 그런 어마어마한 일을 저지르지 않았을지도 모르고, 마녀가 나오더라도 맥베스가 아니었다면 그런 일을 저지르지 않았으리라. 어쩌면 마녀는 맥베스에게만 나타나는 것이 아니었을까.
2) 환상이 자주 등장한다 : 맥베스는 상상력 과잉증에 걸려서 심지어는 깜박이는 횃불 속에서조차 분명하게 유령이나 망령을 본다.
3) 국면 전개가 몹시 빠르다 : 사건이 쏜살같이 진행되어 눈 깜짝할 사이에 끝나고, 주인공은 삽시간에 영화의 절정에서 멸망의 나락으로 떨어진다.
4) 가장 깊은 함축성을 지닌 시적 표현이 풍부하다. 앞에서도

언급한 1막 5장의 문을 두드리는 대목, 5막의 맥베스 부인의 몽유병 묘사, 맥베스의 절망의 술회 등을 들 수 있다.

이종구

옮긴이 **이종구**

영문학자. 도쿄 상대 예과와 서울대 문리대를 졸업하였다.
《동아일보》 외신부장과 서울대 교수, 건국대 교수를 역임하였다.
수필집으로 《바람의 질서》가 있으며,
옮긴 책으로 《위대한 개츠비》, 《닥터 지바고》, 《햄릿》,
《리어왕》, 《테스》 등이 있다.

맥베스

1판 1쇄 발행 2010년 12월 30일
1판 4쇄 발행 2017년 8월 10일

지은이 윌리엄 셰익스피어 | **옮긴이** 이종구
펴낸곳 (주)문예출판사 | **펴낸이** 전준배
출판등록 1966. 12. 2. 제 1-134호
주 소 03992 서울시 마포구 월드컵북로 6길 30
전 화 393-5681 | **팩 스** 393-5685
홈페이지 www.moonye.com | **블로그** blog.naver.com/imoonye
페이스북 www.facebook.com/moonyepublishing | **이메일** info@moonye.com

ISBN 978-89-310-0677-3 03840

■ 문예 세계문학선

★ 서울대, 연세대, 고려대 필독 권장도서 ▲ 미국 대학위원회 추천도서
● 《타임》 선정 현대 100대 영문 소설 ▽ 《뉴스위크》 선정 세계 100대 명저

1 **젊은 베르테르의 슬픔** 괴테 / 송영택 옮김
▲▽ 2 **멋진 신세계** 올더스 헉슬리 / 이덕형 옮김
▲●▽ 3 **호밀밭의 파수꾼** J. D. 샐린저 / 이덕형 옮김
4 **데미안** 헤르만 헤세 / 구기성 옮김
5 **생의 한가운데** 루이제 린저 / 전혜린 옮김
6 **대지** 펄 S. 벅 / 안정효 옮김
●▽ 7 **1984년** 조지 오웰 / 김병익 옮김
▲●▽ 8 **위대한 개츠비** F. 스콧 피츠제럴드 / 송무 옮김
▲●▽ 9 **파리대왕** 윌리엄 골딩 / 이덕형 옮김
10 **삼십세** 잉게보르크 바흐만 / 차경아 옮김
★▲ 11 **오이디푸스왕 · 안티고네** 소포클레스 · 아이스퀼로스 / 천병희 옮김
★▲ 12 **주홍글씨** 너새니얼 호손 / 조승국 옮김
▲●▽ 13 **동물농장** 조지 오웰 / 김병익 옮김
★ 14 **마음** 나쓰메 소세키 / 오유리 옮김
★ 15 **아Q정전 · 광인일기** 루쉰 / 정석원 옮김
16 **개선문** 레마르크 / 송영택 옮김
★ 17 **구토** 장 폴 사르트르 / 방곤 옮김
18 **노인과 바다** 어니스트 헤밍웨이 / 이경식 옮김
19 **좁은 문** 앙드레 지드 / 오현우 옮김
★▲ 20 **변신 · 시골 의사** 프란츠 카프카 / 이덕형 옮김
★▲ 21 **이방인** 알베르 카뮈 / 이휘영 옮김
22 **지하생활자의 수기** 도스토옙프스키 / 이동현 옮김
★ 23 **설국** 가와바타 야스나리 / 장경룡 옮김
★▲ 24 **이반 데니소비치의 하루** A. 솔제니친 / 이동현 옮김
25 **더블린 사람들** 제임스 조이스 / 김병철 옮김
★ 26 **여자의 일생** 기 드 모파상 / 신인영 옮김
27 **달과 6펜스** 서머싯 몸 / 안흥규 옮김
28 **지옥** 앙리 바르뷔스 / 오현우 옮김
★▲ 29 **젊은 예술가의 초상** 제임스 조이스 / 여석기 옮김
▲ 30 **검은 고양이** 애드거 앨런 포 / 김기철 옮김
★ 31 **도련님** 나쓰메 소세키 / 오유리 옮김
32 **우리 시대의 아이** 외된 폰 호르바트 / 조경수 옮김
33 **잃어버린 지평선** 제임스 힐턴 / 이경식 옮김
34 **지상의 양식** 앙드레 지드 / 김붕구 옮김
35 **체호프 단편선** 안톤 체호프 / 김학수 옮김
36 **인간실격 · 사양** 다자이 오사무 / 오유리 옮김
37 **위기의 여자** 시몬 드 보부아르 / 손장순 옮김
●▽ 38 **댈러웨이 부인** 버지니아 울프 / 나영균 옮김
39 **인간희극** 윌리엄 사로얀 / 안정효 옮김
40 **오 헨리 단편선** O. 헨리 / 이성호 옮김
★ 41 **말테의 수기** R. M. 릴케 / 박환덕 옮김
42 **파비안** 에리히 케스트너 / 전혜린 옮김
★▲▽ 43 **햄릿** 윌리엄 셰익스피어 / 여석기 옮김
44 **바라바** 페르 라게르크비스트 / 한영환 옮김
45 **토니오 크뢰거** 토마스 만 / 강두식 옮김
46 **첫사랑** 투르게네프 / 김학수 옮김
47 **제3의 사나이** 그레엄 그린 / 안흥규 옮김
★▲▽ 48 **어둠의 속** 조셉 콘래드 / 이덕형 옮김
49 **싯다르타** 헤르만 헤세 / 차경아 옮김
50 **모파상 단편선** 기 드 모파상 / 김동현 · 김사행 옮김
51 **찰스 램 수필선** 찰스 램 / 김기철 옮김
★▲▽ 52 **보바리 부인** 귀스타브 플로베르 / 민희식 옮김
53 **페터 카멘친트** 헤르만 헤세 / 박종서 옮김
★ 54 **몽테뉴 수상록** 몽테뉴 / 손우성 옮김
55 **알퐁스 도데 단편선** 알퐁스 도데 / 김사행 옮김
56 **베이컨 수필집** 프랜시스 베이컨 / 김길중 옮김
★▲ 57 **인형의 집** 헨릭 입센 / 안동민 옮김
★ 58 **심판** 프란츠 카프카 / 김현성 옮김
★▲ 59 **테스** 토마스 하디 / 이종구 옮김
★▽ 60 **리어왕** 셰익스피어 / 이종구 옮김
61 **라쇼몽** 아쿠타가와 류노스케 / 김영식 옮김
▲▽ 62 **프랑켄슈타인** 메리 셸리 / 임종기 옮김
▲●▽ 63 **등대로** 버지니아 울프 / 이숙자 옮김
64 **명상록** 마르쿠스 아우렐리우스 / 이덕형 옮김
65 **가든 파티** 캐서린 맨스필드 / 이덕형 옮김
66 **투명인간** H. G. 웰스 / 임종기 옮김
67 **게르트루트** 헤르만 헤세 / 송영택 옮김
68 **피가로의 결혼** 보마르셰 / 민희식 옮김

(뒷면 계속)

★ 69 **팡세** 블레즈 파스칼 / 하동훈 옮김
70 **한국 단편 소설선 1** 김동인 외
71 **지킬 박사와 하이드** 로버트 L. 스티븐슨 / 김세미 옮김
▲ 72 **밤으로의 긴 여로** 유진 오닐 / 박윤정 옮김
★▲▽ 73 **허클베리 핀의 모험** 마크 트웨인 / 이덕형 옮김
74 **이선 프롬** 이디스 워튼 / 손영미 옮김
75 **크리스마스 캐럴** 찰스 디킨스 / 김세미 옮김
★▲ 76 **파우스트** 요한 볼프강 폰 괴테 / 정경석 옮김
▲ 77 **야성의 부름** 잭 런던 / 임종기 옮김
★▲ 78 **고도를 기다리며** 사뮈엘 베케트 / 홍복유 옮김
★▲▽ 79 **걸리버 여행기** 조너선 스위프트 / 박용수 옮김
80 **톰 소여의 모험** 마크 트웨인 / 이덕형 옮김
★▲▽ 81 **오만과 편견** 제인 오스틴 / 박용수 옮김
★▽ 82 **오셀로 · 템페스트** 윌리엄 셰익스피어 / 오화섭 옮김
★ 83 **맥베스** 윌리엄 셰익스피어 / 이종구 옮김
▽ 84 **순수의 시대** 이디스 워튼 / 이미선 옮김
★ 85 **차라투스트라는 이렇게 말했다** 니체 / 황문수 옮김
★ 86 **그리스 로마 신화** 에디스 해밀턴 / 장왕록 옮김
87 **모로 박사의 섬** H. G. 웰스 / 한동훈 옮김
88 **유토피아** 토머스 모어 / 김남우 옮김
★▲ 89 **로빈슨 크루소** 대니얼 디포 / 이덕형 옮김
90 **자기만의 방** 버지니아 울프 / 정윤조 옮김
▲ 91 **월든** 헨리 D. 소로 / 이덕형 옮김
92 **나는 고양이로소이다** 나쓰메 소세키 / 김영식 옮김
★ 93 **폭풍의 언덕** 에밀리 브론테 / 이덕형 옮김
★▲ 94 **스완네 쪽으로** 마르셀 프루스트 / 김인환 옮김
★ 95 **이솝 우화** 이솝 / 이덕형 옮김
★ 96 **페스트** 알베르 카뮈 / 이휘영 옮김
▲ 97 **도리언 그레이의 초상** 오스카 와일드 / 임종기 옮김
98 **기러기** 모리 오가이 / 김영식 옮김
★▲ 99 **제인 에어 1** 샬럿 브론테 / 이덕형 옮김
★▲100 **제인 에어 2** 샬럿 브론테 / 이덕형 옮김
101 **방황** 루쉰 / 정석원 옮김
102 **타임머신** H. G. 웰스 / 임종기 옮김
●103 **보이지 않는 인간 1** 랠프 엘리슨 / 송무 옮김
●104 **보이지 않는 인간 2** 랠프 엘리슨 / 송무 옮김
▲105 **훌륭한 군인** 포드 매덕스 포드 / 손영미 옮김
106 **수레바퀴 아래서** 헤르만 헤세 / 송영택 옮김
▲107 **죄와 벌 1** 도스토옙스키 / 김학수 옮김
▲108 **죄와 벌 2** 도스토옙스키 / 김학수 옮김
109 **밤의 노예** 미셸 오스트 / 이재형 옮김
110 **바다여 바다여 1** 아이리스 머독 / 안정효 옮김
111 **바다여 바다여 2** 아이리스 머독 / 안정효 옮김
112 **부활 1** 톨스토이 / 김학수 옮김
113 **부활 2** 톨스토이 / 김학수 옮김
▲●114 **그들의 눈은 신을 보고 있었다**
조라 닐 허스턴 / 이미선 옮김
115 **약속** 프리드리히 뒤렌마트 / 차경아 옮김
116 **제니의 초상** 로버트 네이선 / 이덕희 옮김
117 **트로일러스와 크리세이드**
제프리 초서 / 김영남 옮김
118 **사람은 무엇으로 사는가**
톨스토이 / 이순영 옮김
119 **전락** 알베르 카뮈 / 이휘영 옮김
120 **독일인의 사랑** 막스 뮐러 / 차경아 옮김
121 **릴케 단편선** R. M. 릴케 / 송영택 옮김
122 **이반 일리치의 죽음** 톨스토이 / 이순영 옮김
123 **판사와 형리** F. 뒤렌마트 / 차경아 옮김
124 **보트 위의 세 남자** 제롬 K. 제롬 / 김이선 옮김
125 **자전거를 탄 세 남자** 제롬 K. 제롬 / 김이선 옮김